LES PATINS DE LA COLÈRE

Sophie Moniotte

Avec la collaboration de
France Cavalié

LES PATINS DE LA COLÈRE

Éditions Anne Carrière

ISBN : 2-84337-107-4

À mes parents
À mes frères
À Vincent

À la petite patineuse de dix ans qui, comme moi au même âge, découvre sa passion.

À Marina et Gwendal, dont le talent est reconnu sur le plan international. Je leur souhaite de ne jamais vivre les injustices que Pascal et moi avons subies.

Préface

Sophie fait partie de ces jeunes athlètes dont j'ai été fier d'être le ministre pendant deux ans et heureux de devenir l'ami.

La première fois que j'ai rencontré Sophie, j'effectuais un stage à l'INSEP. J'étais un « vieux » de 30 ans, elle, un bout de chou de 11 ans. C'était en 1981, cinq ans après les jeux Olympiques de Montréal, où j'avais obtenu la médaille d'or du 110 mètres haies. Je mettais un terme à ma carrière sportive ; elle débutait, avec tout l'espoir et l'enthousiasme de son jeune âge.

Je me souviens d'une enfant espiègle, toute menue, un lutin malin. Petit garçon, j'étais moi-même fluet, et mes parents avaient demandé à l'entraîneur d'athlétisme de « me muscler un peu »...

J'ai revu Sophie treize ans plus tard, aux jeux Olympiques de Lillehamer. Avec Pascal Lavanchy, son « partenaire de glace » depuis 1985, elle venait d'exécuter l'épreuve de la danse libre, *Ginger et Fred* sur une musique de Fred Astaire. Leur joie de vivre, leur élégance, la technique époustouflante de leur exhibition m'avaient ébloui.

J'étais devenu un homme politique ; le petit elfe s'était métamorphosé en une belle jeune femme. Lorsque je l'ai croisée avec son *team* dans le couloir de la patinoire de Lillehamer, ma première pensée fut : « Ça ne me rajeunit pas ! » Avec la spontanéité qui la caractérise, Sophie m'a dit : « Je me souviens de vous à l'INSEP. J'étais pitchounette mais mes grands frères m'avaient parlé de vos exploits ! »

Et puis Sophie a été gravement blessée, privant son couple alors en pleine ascension de la saison 1995-1996. Une terrible épreuve physique et morale qu'un sportif de haut niveau comprend mieux que personne.

En 1998, nous nous sommes retrouvés dans l'avion qui nous emmenait à Nagano. J'étais accompagné de Jean-Claude Killy, membre comme moi du Comité international olympique, le CIO. Malgré les déboires dont elle avait été victime, Sophie était heureuse de retrouver la « grande famille olympique ». Une ambiance chaleureuse, un univers passionnant pour une femme comme elle, sensible, ardente, pleine de curiosité. J'ai été navré de son désappointement à l'issue de cette compétition, qu'elle raconte ici avec beaucoup de sincérité.

Je souhaite aujourd'hui à Sophie tout le bien qu'elle mérite. Elle est dynamique, tenace, courageuse, elle est fantastique. Après vingt années dévouées à sa passion, elle entre maintenant de plain-pied dans la « vraie vie ».

Je suis certain qu'elle saura utiliser à bon escient ses magnifiques qualités de championne.

Guy DRUT
Député de Seinte-et-Marne,
Maire de Coulommiers

Prologue

« Travaille ! Ce que tu es en train de semer, un jour, tu le récolteras ! » Le 21 mars 1994, la prédiction de mon père n'avait jamais été aussi près de s'accomplir. J'avais vingt-quatre ans et le drapeau français qui montait lentement dans la patinoire de Chiba, à Tokyo, célébrait avec une solennité qui me donnait la chair de poule, quinze ans de sacrifices, de sueur, de souffrances, d'espoir. Quinze ans d'entraînement sans relâche pour quelques secondes de pur bonheur. Je patinais en couple avec Pascal Lavanchy depuis neuf ans, et nous venions d'obtenir la plus belle récompense de notre carrière : une médaille d'argent aux championnats du monde de danse sur glace. En ce jour de printemps, un avenir doré se dessinait, se précisait : bientôt, nous récolterions à grandes brassées les fruits de nos efforts. Papa avait raison, j'en étais encore persuadée.

D'année en année, malgré les coups du sort et certains arrangements bien peu sportifs entre juges et entraîneurs, nous avions réussi à progresser jusqu'au plus haut niveau sur la scène internationale ; en France, champions en titre depuis deux ans, nous étions considérés comme le couple vedette, succédant aux merveilleux Duchesnay. À Tokyo, la deuxième marche du podium nous promettait la première, consécration tant rêvée de notre palmarès chèrement acquis. C'était notre tour, j'y croyais dur comme l'or, et nous ne l'avons jamais obtenue.

À cause d'une fantastique injustice.

Parce que je me suis sentie trahie, j'ai abandonné un sport que j'adorais, qui m'a donné tous les courages, me faisant supporter tous les renoncements. En février 1998, après les jeux Olympiques de Nagano, j'ai rangé mes patins – définitivement. Et j'ai réfléchi. Que me restait-il, après tant d'années vouées à ma passion ? La déprime totale ou le combat. Quand vous me connaîtrez mieux, vous comprendrez que je n'ai pas hésité longtemps : il me reste mes trente ans tout neufs, une joie de vivre jamais entamée, l'amour des miens et le souvenir vibrant d'une aventure féerique. Merci, mon ange gardien de m'avoir guidée sur un chemin tortueux, certes, mais combien fascinant.

Petite fille, avant que mes premières victoires en décident autrement, je voulais devenir entraîneur. Adolescente, j'aimais aider les enfants avec lesquels je partageais la joie de patiner. Ils m'écoutaient, j'avais un don, hérité de la tendresse que m'offraient mes parents. Mon expérience me conduit aujourd'hui à mettre en garde les apprentis champions. Parce que leur courage, leurs souffrances et leurs espoirs, je les connais et les respecte. Je ne veux pas les décourager, au contraire. Je souhaite de tout mon cœur que mon livre, en dénonçant certains agissements iniques, leur ouvre les yeux et les arme davantage contre les briseurs de rêves. Je souhaite que ma colère soit entendue, pour que le talent des meilleurs athlètes de notre discipline soit justement récompensé. J'ai tout donné, et payé au prix fort mon ignorance, ma naïveté. Mais au fond de moi, j'entends encore la petite voix qui me disait : « Allez, relève-toi, continue ! » J'avais alors dix ans, des « cannes de serin », disait mon père, j'étais « épaisse comme un fil », ajoutait ma mère, et je me lançais, chutais, recommençais, tombais à nouveau, pattes écartées, tel Bambi faisant ses débuts sur la glace !

« Relève-toi ! » J'écris ce livre la tête haute, de tout mon cœur. La lucidité, la triste vérité sur un milieu peu scrupuleux n'empêchent pas l'enthousiasme : le mien est à la hauteur des bonheurs, des émotions à jamais gravés dans ma mémoire. Des temps insouciants de mon enfance, à Mâlain, tranquille village bourguignon, aux tourbillons imprévisibles des compétitions mondiales.

1

Mon premier souvenir de glace est un miroir brisé.

J'ai cinq ans et me destine à devenir danseuse étoile, comme *Martine petit rat de l'Opéra*, un album dont j'ai usé les images à force de les contempler.

Ce jour-là, devant la glace de l'imposante armoire de ma chambre, sur la pointe de mes pieds nus, sans musique, j'imite les mouvements des ballerines devant deux petites voisines que j'imagine éblouies. Quelques gracieux entrechats, et me vient l'idée de grimper à l'intérieur du meuble afin d'atteindre la plus haute étagère où est cachée ma tirelire. J'ai l'intention d'acheter des bonbons à la boulangerie voisine. J'entame l'escalade mais sous mon poids, pourtant léger, l'armoire bascule. Tremblement de terre, suivi d'un silence de mort. Affolés, mes parents se précipitent, entrent en trombe. Vérification faite, tout le monde est vivant. Par chance, le meuble a piqué du nez sans s'effondrer : fichées au sol, les portes entrouvertes ont retenu sa chute.

Le miroir brisé de mon enfance, c'est tout un symbole : la nappe glacée sillonnée de carres dont je ferai mon terrain d'aventures durant près de vingt ans, et le tempérament d'une gamine qui aimait à la fois les tutus roses et les jeux kamikazes des garçons.

À l'époque, je n'ai aucune conscience du danger. Petite dernière de la famille après mes deux frères, Pascal, l'aîné, et Olivier, choyée par mes parents à qui je donne pourtant du fil à retordre, et sous l'apparence d'un ange blond, je suis intenable. Grimpant partout, cherchant l'équilibre dans les positions les plus délicates. Entre deux prouesses dont je fais le récit détaillé à mes Barbie, je me change de pied en cap pour la énième fois de la journée et je parfais mes chorégraphies devant le miroir de ma chambre, tapissée de fleurs roses.

J'ai quatre ans quand Olivier, alors âgé de 10 ans, décide de m'apprendre à faire du vélo comme une grande.

La scène se passe le dernier jour des grandes vacances. Mon frère se glisse dans le garage, s'empare d'une pince à l'insu de notre père et démonte les stabilisateurs dont ma bicyclette est équipée. Impatiente, je sautille à côté de lui. Sa tâche accomplie, Olivier me tient la selle le temps que je place mes pieds sur les pédales, puis me pousse franchement sur la petite route qui borde la maison. Je n'ai pas su aborder le tournant et le vol plané qui a mis fin à ma course glorieuse m'a valu une belle entaille au front!

Le lendemain, en rentrant de l'école, je remonte seule sur mon vélo et, peu à peu, je vais devenir une vraie championne d'acrobaties en tout genre.

Comme mes frères, je file vers les tas de gravats qui entourent le lotissement où nous venons d'emménager, fonce jusqu'au sommet et redescends, debout sur les pédales en poussant des cris de Sioux à l'assaut d'une caravane de pionniers. Une photo où, campée sur ma monture, queue-de-cheval au vent, je semble voler dans les airs atteste de mes prouesses.

La jolie maison toute neuve que mes parents ont acheté se situe à Mâlain, village de six cents habitants à une vingtaine de kilomètres de Dijon, dominé par un château fort de légende, bordé de champs de colza, jaune d'or au mois de mai. Notre logis, construit sur une pente, est entouré d'un jardin en terrasses que ma mère fleurit toujours avec amour. La première année de notre installation, mon père a planté un tilleul. La petite graine est devenue l'arbre sous lequel, l'été, nous prenons nos repas. Cette maison, c'est mon oasis, après avoir été le théâtre heureux de mes premiers pas vers un destin que les miens étaient bien loin d'imaginer.

Quand, à l'âge de dix ans, j'ai souhaité troquer mes chaussures de pointe contre des patins à glace, Papa et maman ne savaient même pas qu'il y avait une patinoire à Dijon !

À l'époque, je suivais depuis un peu plus de deux ans les cours de danse dirigés par Henry Borg, artiste talentueux et patient pédagogue. Il se souvient parfaitement de la petite fille qui se plaçait à la barre en tête de file, le plus près possible de l'immense miroir, et qui avait fini par constater : « La danse classique, c'est bien, mais ça ne va pas assez vite ! »

2

Dimanche, 6 heures du matin. Dans les brumes d'une nuit d'hiver, à l'arrière de notre Ami-8 couleur moutarde, je me suis endormie. Une demi-heure de plus de sommeil, sur le trajet Mâlain-Dijon. Mon père conduit, ma mère l'accompagne, ils parlent bas, pour laisser la petite se reposer. La veille, ils ont encore refusé un dîner chez des amis. Combien de week-ends mes parents ont ainsi sacrifié pour me conduire à la patinoire, supportant sans sourciller les remontrances du prof qui râlait pour une minute de retard. « Nous ne savions même pas où nos renoncements nous conduiraient », disent-ils aujourd'hui.

J'ai débuté à l'école de glace, encouragée par Christine, une jeune patineuse venue prendre des cours de maintien au cours de danse de M. Borg. J'ai déjà dix ans – en Russie, les futurs champions commencent à trois ans – et mon entraîneur n'est guère optimiste : fièrement chaussée de mes petits patins, je m'élance, tombe en arrière, n'avance plus d'un centimètre, pieds en dedans, jambes fléchies, la honte ! Mais je ne lâcherai pas. Je me redresse, tente un nouvel essai, jusqu'à la prochaine gamelle, qui me fera grimacer. Je ne pleure pas, j'enrage. Entre la glace et moi, c'est le bras de fer et on verra bien qui cédera la première.

Je me bagarre et j'aime ça, découvrant, sans autre concurrent que moi même, l'exaltation de la compétition. Mes rêves de danseuse étoile s'évaporent. Éperonnée par ma nouvelle ambition, celle de devenir championne, je reconnais en Christine la même soif de gagner, la même horreur de perdre. Deux mômes piquées au même jeu, deux poids plume dont la vitalité est inversement proportionnelle à la légèreté.

Christine a une petite bouille très déterminée, encadrée de boucles rétives, l'œil rieur et la langue bien pendue. Je porte les cheveux très longs selon le vœu de mon père – je commettrai le forfait de les couper progressivement au cours de ma carrière –, mais je suis aussi pipelette que mon amie. Nous sommes deux inséparables, comme les oiseaux, jusqu'à ce que je prenne mon envol grâce à Mme Caestekert, la femme de mon entraîneur, qui va insister pour ma sélection à l'école de glace. Après une dizaine de cours d'initiation sur la patinoire miniature réservée aux entraînements, mon équilibre reste peu probant, mais elle flaire une prometteuse rage de vaincre. Peut-être aussi, malgré mes chutes peu gracieuses, a-t-elle remarqué une certaine élégance de mouvements, acquise grâce à la danse.

Un matin, à la fin de la leçon, la prenant par la main, je désigne deux enfants qui patinent en couple et lui dis : « C'est ça que je veux faire ! » Trop absorbée par cette représentation vivante de mon destin, je n'ai pas vu son sourire mais je l'imagine aujourd'hui.

Sur les conseils de Mme Caestekert, mes parents acceptent de me faire donner des cours particuliers. C'est alors que le marathon commence : l'un ou l'autre m'accompagne chaque jour à 12 h 30 pour une heure d'entraînement, sauf le mercredi, de 20 h 30 à 22 h 30 et surtout – quel courage ! – le dimanche à 6 h 30. Quand j'ai quitté la petite école de mon village pour entrer en sixième à Saint-François-de-Sales à Dijon, le trajet, certes plus court, s'est révélé beaucoup plus périlleux : collège et patinoire sont les points les plus opposés de la ville. Pas une minute à perdre sur la ligne de départ ! Les rares feux rouges, qu'en dépit de nos savants raccourcis nous ne pouvons éviter, sont toujours interminables, mais le temps perdu se rattrape, le conducteur ayant acquis une connaissance et une maîtrise du circuit dignes d'un pilote de Formule 1. Sereine, je grignote en voiture le repas chaud, conservé dans une boîte isotherme, que ma mère m'a préparé puis enfile en vitesse mon survêtement. Arrivée à bon port, le contact à peine coupé, je fonce au vestiaire mettre mes patins ou bien, rhabillée en écolière, saisis mon cartable et rejoins en courant mes petits camarades alors que sonne la fin de leur récréation

Dans ces allées et venues épiques, très vite, un jeune homme m'a suivi : Emmanuel Col, mon premier partenaire de danse sur glace. De six mois plus âgé que moi, il est dans la classe supérieure au même collège. Brun aux cheveux ondulés, le type latin d'Emmanuel contraste avec mon teint de blondinette. Nous patinerons ensemble durant cinq ans, de 1980 à 1985, jusqu'à ce que nos tempéraments, plus affirmés à l'adolescence, se révèlent trop différents. Mais, avant que nos chemins se séparent et que je trouve en Pascal Lavanchy le partenaire de ma véritable ascension, Emmanuel et moi allons partager nos premières émotions de sportifs. Et gagner notre premier titre : champions de France minimes à Villard-de-Lans, le 25 avril 1981.

Je n'ai pas douze ans.

3

L'école est finie mais le patinage continue ! Près d'Arcachon, dans le camping encore endormi sous le soleil qui se lève, deux vaillants petits soldats se frottent les yeux devant leur bol de céréales. Nous sommes arrivés la veille et papa débarrasse les dernières affaires de la voiture tout en nous incitant à accélérer le mouvement. Emmanuel et moi entamons notre stage d'été à la patinoire d'Arcachon. C'est dur, la vie de champions ! Il y a quelques semaines, notre jeune couple a remporté les deux épreuves de la compétition nationale des minimes : deux minutes de programme libre sur une musique disco dénichée par mes frères bien-aimés et deux danses imposées.

Mais ce matin, malgré l'encouragement de notre titre tout neuf, mon cœur balance entre la mer et la glace. Dans la caravane familiale, mes frères dorment encore. Je les envie, j'ai hâte de prendre ma revanche – tout à l'heure, cet après-midi. Dans les vagues que je goûterai avec délices, attrapant le pied de l'un, le bras de l'autre, tentant de les couler, je triompherai à l'usure, portant l'estocade sur le sable, alors qu'entre deux fous rires ils réclameront la paix. La petite chipie finira par les laisser tranquilles, sachant qu'ils lui feront l'honneur de se venger, l'agripperont par la peau du cou et la jetteront à l'eau. Avec moi, mes frères ont toujours montré une patience angélique.

Emmanuel, qui assiste parfois à nos jeux, est déjà beaucoup moins bagarreur que moi. Mais sur la glace, il sait se montrer motivé.

J'adore notre entraîneur, Philip, qui l'année passée a dirigé nos premiers essais en couple. C'est un bel Anglais balèze de trente-deux ans, très renommé dans le milieu du patinage et dont, j'avoue, je suis raide amoureuse. Une passion naïve de gamine confiante, heureuse de vivre. Son accent à couper au couteau me réjouit et je ne me lasse pas de lui faire répéter une phrase qui me fait me tordre de rire : « J'ai trente mille balles autour du kiou », dit-il à propos de son collier qu'il ne quitte jamais. Je bois ses paroles, suis ses directives à la lettre, mets tout mon cœur à le satisfaire. Pour lui, j'aurais retourné la terre entière, décroché les étoiles, conquis la lune, obtenu à douze ans la médaille d'or aux jeux Olympiques ! Bref, avec lui, j'ai beaucoup progressé !

Peu de temps avant notre séjour à Arcachon, en mai, Emmanuel et moi avons été sélectionnés pour effectuer un stage, baptisé « Horizon 2000 », à l'INSEP, Institut national du sport et de l'éducation physique. Je connais déjà Paris pour y avoir passé quelques heures avec maman, à l'occasion de l'acquisition de mes premiers patins. Ce fut une journée bien remplie, commencée à la Maison du Patin où un vendeur, qui avait l'habitude d'équiper les champions en herbe, nous avait conseillées. L'achat expédié comme une simple formalité et mon précieux paquet sous le bras, j'avais suivi ma mère en trottinant à la découverte d'une ville où elle avait vécu jeune fille. Pèlerinage dans le quartier qu'elle avait habité, le VIIIe arrondissement, métro pour nous rendre sur les Champs-Élysées, puis à la tour Eiffel, pause devant les succulents gâteaux d'un joli salon de thé, et, enfin, direction la gare. Dans le train qui nous ramenait à Dijon, somnolente, je m'étais sentie pour la première fois une grande fille.

Deux ans plus tard, sans mes parents, je retrouve le décor de ce tendre parcours initiatique. C'est mon frère Olivier qui nous conduit, Emmanuel et moi, à l'INSEP. Un imposant bâtiment où, petits pensionnaires durant cinq jours, nous allons être soumis à toute sorte de tests médicaux et sportifs.

Si on juge satisfaisant mon niveau de patinage, mon séjour est plutôt mouvementé.

À l'INSEP, je fais la connaissance de Danielle Marotel, entraîneur national qui m'accompagnera tout au long de ma carrière. Je suis loin de me douter de notre future complicité, de l'attention qu'elle me portera comme une véritable seconde maman, tant nos premiers échanges sont houleux.

Danielle est entrée tardivement dans le milieu du patinage, vers l'âge de dix-huit ans, après avoir pratiqué durant plusieurs années la gymnastique, discipline essentiellement acrobatique. Pour la danse sur glace, cette expérience est précieuse. Mais la rigueur de son sport initial lui a trempé le caractère et elle ne tolère pas les espiègleries de ses jeunes élèves. Malgré l'austérité du lieu, de longs couloirs qui ressemblent à ceux d'un hôpital et des petites chambres aux murs grisâtres, je n'ai rien perdu de ma naturelle pétulance. Je bavarde, fanfaronne, rigole à tout bout de champ, bref, je mets la pagaille dans le groupe. Danielle me rappelle à l'ordre vertement, je me calme, sans pour autant me décourager, attendant la prochaine occasion de divertir mes petits camarades !

Mon inconscience est parfaite : non seulement je ne me rends pas compte de la valeur des athlètes que nous, les pitchounettes, côtoyons à la cantine, tels Guy Drut, Thierry Rey ou Thierry Vigneron, mais j'ai personnellement quelques raisons de baisser le nez. En m'examinant, les médecins ont découvert un retard osseux de trente-six mois. À douze ans, mon squelette est encore celui d'une enfant de neuf ans. Celui d'une sorte de prématurée, avec toute la résistance dont certains nourrissons dans ce cas peuvent faire preuve. Le diagnostic ne me trouble pas beaucoup – on ne peut pas dire que cette anomalie m'ait handicapée – mais, pendant des années, mes gentils frères en ont fait leur sujet de moquerie préféré !

Je n'ai pas le physique d'une sportive de haut niveau, mon comportement perturbe l'entraînement, je rentre à Mâlain avec un compte rendu de stage assez sévère. Mes seuls alliés sont les professionnels du patinage, Danielle y compris ! On m'a trouvé une certaine habileté, une franche vivacité (!) et un don pour l'expression corporelle.

Mon ossature ne convient pas, tant pis, je sais déjà que j'irai jusqu'au bout de ma passion.

4

Emmanuel et moi, c'est fini !

En délaçant mes patins dans les vestiaires de la patinoire de Dijon, je fulmine. Se plaignant de mal au dos juste avant la dernière épreuve de la coupe de France, mon partenaire a déclaré forfait. Mal au dos, tu parles ! La trouille, oui ! Il évite ainsi la danse libre, la plus difficile car la plus acrobatique.

Résultat, nous ne participerons pas à cette compétition qui, en mars 1985, se déroule dans notre ville !

En quittant la pièce, je jette un regard noir dans la direction de mon partenaire. Les épaules rentrées, blanc comme un lavabo, sa fierté en a pris un coup. Il faut dire que je ne l'ai pas ménagé. Pauvre Emmanuel ! Accepte aujourd'hui mes excuses pour l'humiliation que je t'ai fait subir, en *direct live*, devant un public stupéfait : comprenant que tu te défilais, j'ai foncé vers mon père, occupé à la sono, et j'ai déclaré : « Je ne veux plus patiner avec ce con ! » Je ne savais pas que le micro était ouvert !

Impulsive et impitoyable devant ce qui me paraît être une injustice, c'est ma manière de me défendre, de me protéger – mon bouclier, mon arme salutaire, tranchante pour l'adversaire présumé.

J'ai compris plus tard, lorsque j'ai commencé à évoluer dans le milieu international, à quel point nos ambitions étaient différentes. Le jeune homme qu'était devenu Emmanuel ne voyait dans le patinage qu'un loisir, un sport plaisant qui le distrayait de l'école, quand, depuis toute petite, j'avais « la gagne » chevillée au corps. Il n'y a pas de mystère, on ne devient pas champion sans une volonté inébranlable, viscérale, de se surpasser – à la hauteur des sacrifices demandés. Plus notre couple participait à des compétitions, même peu importantes, plus je m'investissais et plus Emmanuel souffrait de bobos divers, traînait les patins. Je le secouais gentiment, lui conservais ma confiance avec ce bel optimisme qui me caractérise !

En quelques secondes, dans la patinoire qui fut témoin de mes débuts balbutiants mais enthousiastes, tout a basculé. J'ai compris en un éclair ce que je m'étais sans doute refusée à admettre : nous formions le couple de la carpe et du lapin !

L'année précédente, en mars, nous avions obtenu la deuxième place aux championnats de France cadets puis, en décembre, la huitième et dernière aux championnats juniors. Notre sélection en coupe de

France m'a redonné espoir et mon dépit est à la mesure de mes attentes. Il s'agit maintenant de reprendre le dessus. J'ai seize ans, la vie devant moi, cette rupture n'est qu'un accident de parcours. Un des juges d'ailleurs, devant mon désarroi, m'a glissé à l'oreille alors que je me dirigeais, déconfite, vers les vestiaires : « Ne t'inquiète pas, tu trouveras d'autres partenaires ! » En attendant, je décide de faire mes preuves toute seule et participe, un mois plus tard, à la coupe Montjoie de Saint-Gervais.

Quatre petites semaines pour préparer une compétition, c'est court ! Mais j'ai besoin de relever ce défi, même si je n'aime pas vraiment patiner en solo. Ce sera une expérience, un gage de ma détermination et, si je gagne, une victoire bienvenue après le triste épisode de la coupe de France.

Une heure avant l'épreuve, dans notre chambre d'hôtel, maman coud encore les dernières paillettes de mon justaucorps ! J'ai choisi de danser sur une musique du film de Claude Lelouch, *Les Uns et les Autres.* Dans les vestiaires, les concurrentes me dévisagent. Qu'est-ce que je fais sur leur territoire ? Parmi elles, Florence Icare, réputée imbattable, semble sereine.

La revanche que j'ai à prendre me donne sans doute des ailes : je remporte la compétition, contre la favorite du club de Saint-Gervais !

Le 25 mai, je reviens sur la glace de Dijon, de nouveau seule. Cette fois, c'est dans ma ville, à l'occasion d'un gala, que je veux offrir le meilleur de mon art, effacer l'échec devant ceux qui en ont été les témoins. Aujourd'hui, jour de la Sainte-Sophie, j'entre en piste, radieuse, et m'élance sur les premières notes de *la Maritza*, une chanson de Sylvie Vartan, mélodie romantique au parfum de souvenirs d'enfance, dont le choix me semble maintenant symbolique : j'enterrais ma vie de gamine, j'étais prête à entamer le deuxième chapitre de ma jeune carrière, avec une force nouvelle, aiguillonnée par l'amour propre, nourrie d'une énergie que je découvrais grâce à un accident de parcours.

Dans les tribunes de la patinoire de Dijon, le public frappe dans ses mains au rythme de la musique.

Galvanisée par ses encouragements, dont la musique résonnera longtemps à mes oreilles, je m'envole vers de nouvelles aventures.

En août, je vais faire la connaissance de Pascal Lavanchy.

5

Près de neuf ans après nos premiers essais en couple, en février 1994, un journaliste de *Libération* a fait le portrait croisé de Pascal et de moi-même. Les mêmes questions nous ont été posées au cours d'entretiens séparés, dont, bien sûr, celle de l'amour. Comment peut-on danser enlacés, mimer les élans les plus passionnés sans éprouver le moindre sentiment ? « Je n'ai jamais été amoureuse de lui », ai-je répondu. « Elle ne m'a jamais attiré, je n'ai jamais eu envie d'elle », confirmait Pascal. Cette mise au point, réitérée au fil des interviews – la question revenait comme un métronome –, n'a jamais vraiment convaincu. Conclusion : sur la glace, nous avons été de bons comédiens. Cela s'apprend. Le sourire, la tendresse évoquée, la passion, même si notre dernière engueulade n'était pas bien vieille. Toutefois, l'impression que nous avons donnée au public, empreinte de romantisme, correspondait à une complicité d'une autre nature, celle de deux sportifs dont le patinage s'accordait parfaitement, partageant les mêmes émotions, heureux ou tristes ensemble de gagner ou de perdre. Peu de disciplines offrent de tels moments de fusion.

Les débuts de notre « mariage » furent pourtant difficiles.

Le stage que j'effectue à La Roche-sur-Yon, l'été 1985, se révèle décisif : je monte en grade, obtenant une médaille de vermeil dans les bras d'un merveilleux patineur, plusieurs fois champion de France, Pierre Béchut, malheureusement disparu aujourd'hui. Puis j'apprends que Pascal Lavanchy cherche une partenaire. En fait, je m'apercevrai à mes dépens que, dans son cœur, les choses ne sont pas si simples. Le couple qu'il a formé jusque-là avec Isabelle Marcellin se situe parmi les trois meilleurs français dans la catégorie juniors. Tous deux ont découvert le milieu international et gagné une compétition en Italie. Pascal et Isabelle s'adorent mais, en grandissant, leurs physiques ne s'accordent plus. Isabelle, plus âgée d'un an, le dépasse en taille, et l'entraînerait trop tôt dans la catégorie des seniors alors qu'il peut évoluer en junior. Leur entourage les a poussés à se séparer, ce qu'ils ont fait la mort dans l'âme.

Pascal a même pris la décision de quitter le milieu de la danse sur glace, puis s'est rangé à l'avis des professionnels : il est doué, il doit continuer.

Danielle Marotel, qui deviendra notre coach trois ans plus tard, a été à l'origine de notre union. Jean-

Claude Letessier, président du club de Morzine, ville natale de Pascal et site de son entraînement, l'a appelée au cours du stage pour lui demander conseil sur le remplacement d'Isabelle. Danielle connaît Pascal pour l'avoir entraîné à Morzine, en stages d'été, et m'a remarquée – mais oui ! – dès mon turbulent passage à l'INSEP. Elle m'a vue à La Roche-sur-Yon, a constaté mes progrès (en sagesse aussi !) et me recommande.

Dans les vingt-quatre heures, je suis à mon tour contactée.

La tête déjà dans les cimes, je me rends à Morzine pour un essai de quinze jours avec Pascal. Nantes-Lyon en avion : mon baptême de l'air !

« Je me souviens d'une blondinette en débardeur marin avec une queue-de-cheval jusqu'en bas du dos. » L'image que conserve Pascal de notre première rencontre, le 7 août 1985, dans les couloirs de la patinoire de Morzine, traduit bien son scepticisme d'alors. Que va-t-il faire avec cette gamine, venue de Dijon, dont le niveau est loin d'égaler le sien ?

Moi, je le trouverais plutôt mignon, avec ses traits fins et son visage de gamin, s'il n'affichait cet air renfrogné et bien peu engageant.

Je sens sa méfiance mais je n'ai rien à perdre. Je m'engage sur la glace, un beau sourire accroché aux lèvres. Nos premiers tours de piste sont hésitants, maladroits, assez lamentables. Je tente de le suivre le plus gracieusement possible, puis m'étale de tout mon long.

« Excuse-moi, Pascal, j'ai glissé ! » Ma naïve réaction déclenche de bruyants éclats de rire dans l'assemblée.

Deux grandes dames du patinage assistent à nos piètres ébats : la Russe Tatiana Tarassova et l'Anglaise Betty Callaway (elle s'est occupée du fameux couple Torvill-Dean, champions olympiques en 1984), qui connaît bien Pascal pour l'avoir entraîné avec Isabelle. Malgré le spectacle qui me semble consternant, elles décrètent que nos styles sont compatibles : une harmonie physique, un « touché de glace » similaire et, même si ma technique n'égale pas celle de Pascal, un indéniable potentiel à valoriser.

Leur consentement à notre union rassure Pascal.

Pour autant, il ne se montrera guère plus aimable pendant un certain temps. « Je me suis dit, celle-là, elle va en baver ! » a-t-il confié par la suite à un journaliste.

Dans ma famille, le matin, on se dit bonjour en s'embrassant. Je m'aperçois vite que ce n'est pas la coutume chez Pascal. En tout cas, pas avec moi. Il me parle peu, son exigence quant à ma technique n'a pas de limites. Je prends sur moi, fais toutes les concessions possibles, persuadée que mes efforts porteront leurs fruits. Je quitte l'entraînement complètement courbaturée, souffrant du cou jusqu'à la plante des pieds, mais je tiendrai bon. « Relève-toi, continue ! » Je n'ai pas oublié le devise de mon enfance. Intrigué de tant de docilité et de persévérance, Pascal s'apercevra un peu plus tard que je n'ai pas si bon caractère. Il découvrira mon tempérament en compétition et, ma technique s'améliorant notablement, m'offrira son estime.

À la suite de ces quinze jours d'essai, finalement concluants, je m'installe à Morzine. J'y resterai trois ans, jusqu'à l'âge de dix-neuf ans.

Du jour au lendemain, je vais me retrouver sans papa et maman, sans mes frères. En faisant mes bagages dans ma chambre de petite fille, très excitée à l'idée de découvrir un univers différent, plus confiante que jamais, je n'ai pas encore conscience du chagrin que je risque d'éprouver.

Plus tard, les soirs de spleen, je repasserai en pensée certains petits films de notre vie familiale. Ce dimanche de printemps, par exemple, où je fus chargée de servir à mes parents un apéritif.

« Tu baignes le whisky dans le jus d'orange ! » avait recommandé ma mère. Distraite, j'ai fait l'inverse. Papa, grisé, m'a entraîné dans une polka endiablée au milieu de la cuisine, tandis que maman allait s'étendre sur son lit !

À Morzine, j'ai la chance d'être logée chez Aimé, un charmant papy qui me prend sous son aile et que je vais rapidement considérer comme mon grand-père. C'est un vieux monsieur tranquille au visage rond et doux, discret mais présent. Ses beaux yeux bleus sont empreints de gentillesse. Très vite, il est aux petits soins, me concoctant des repas délicieux tout en se souciant de leurs apports caloriques. Hormis les périodes de compétition, où j'ai besoin de toutes mes forces, je dois surveiller ma ligne et suivre un régime strict. Gourmande comme je le suis, j'en ai toujours voulu à Pascal de pouvoir avaler n'importe quoi sans prendre un gramme ! Aimé connaît les règles de diététique à observer, car il s'est scrupuleusement renseigné auprès de notre entraîneur, Anne Corlay. Passionné de patinage, il travaille bénévolement pour le club de Morzine, s'occupe de l'organisation de galas ou de compétitions. Son chalet, dans lequel mes parents louent ma chambre, surplombe la patinoire. Il peut ainsi m'apercevoir lorsque je quitte l'entraînement et se montre impatient de connaître les détails de ma journée.

Je ne lui raconte pas tout. L'accueil des patineuses, par exemple, se révèle plutôt frais. Pourquoi est-on allé chercher une fille de Dijon, une « immigrée », quand tant de talents peuvent éclore à Morzine ? Mais ma technique, bien qu'inférieure à celle de Pascal, est supérieure à la leur. Je réussis plus vite les mouvements que l'on me demande, étant d'autant plus motivée que je suis loin de chez moi : les années d'exil doivent au moins être utiles à ma carrière. Je me tais donc, fais le dos rond, compte sur les résultats à venir pour faire taire les jalouses.

Elles m'ont finalement rendu service.

Au bout de quelques mois, la gentillesse d'Aimé, sa sollicitude, ont fini par me peser. Assistant à mes progrès, dans un sport qu'il a toujours adoré, il se mêle de tout, va trouver notre entraîneur pour lui donner des conseils, me met dans une position impossible. Quand je vais voir une amie (j'ai fini par m'en faire !) et que j'ai le malheur de rentrer avec un quart d'heure de retard, il me bat froid pendant une semaine. Son attitude me parasite, m'empêche de me concentrer et, finalement, gêne la progression de mon travail. C'est Anne Corlay qui, souhaitant me voir acquérir plus de maturité, encouragera mon départ.

Un an et demi après ma première nuit chez Aimé, je m'installe dans une chambre équipée d'une kitchenette, louée à une famille qui se contente de relations simplement cordiales. Cette fois, je suis vraiment indépendante. Je retourne voir mon papy de temps en temps, lui témoigne ma reconnaissance en lui racontant les petites choses de ma vie. Grâce à lui, malgré son affection zélée, j'ai conquis ma liberté en douceur.

6

Morzine, il faut bien le dire, c'est le bagne !

Entre les entraînements et ma scolarité, je n'ai quasiment aucun loisir. Avec les jeunes du club, nous nous retrouvons dans une salle située dans le complexe de la patinoire pour apprendre nos leçons et faire nos devoirs, encadrés par des répétiteurs. Deux heures le matin et quatre l'après-midi. En classe de seconde à mon arrivée, comme les autres, je suis les cours par correspondance du CNED. Pour nous, les journées commencent à 8 heures et se terminent à 19 heures. Le soir, souvent, j'ai encore des devoirs à finir. Mes seules distractions consistent à téléphoner à mes parents (je ne m'en prive pas !) et à aller les voir lorsque j'ai un week-end de libre. Pas de cinéma, pas de fêtes, pas de virée entre copains, il faut vraiment que j'aie le feu sacré ! Au début, je me suis quand même demandée dans quelle maison de fous j'avais atterri.

Les séances d'entraînement sont très différentes de celles que j'ai connues à Dijon, plus longues, et, lorsque nous quittons la glace, il faut encore répéter devant le miroir – comme en danse classique. Nous passons parfois une semaine pour mettre au point la synchronisation entre Pascal et moi d'une courte séquence de notre programme. C'est assommant, usant, je ne vois pas l'intérêt d'un tel pensum. Notre entraîneur a effectué tant de stages avec les Russes qu'elle ne jure que par la rigueur. Finalement, son exigence, que j'ai comprise après avoir visionné au magnétoscope l'évolution de notre travail, nous a fait gagner un temps précieux : nos premiers résultats vont le prouver.

Après quatre mois d'entraînement, nous obtenons la quatrième place aux championnats de France juniors à Lyon. Et l'année qui suit, le 15 novembre 1986, nous les remportons – chez moi, à Dijon.

À Lyon, la danse originale est une polka. Je porte une tunique bleu canard à croisillons noirs, décorée de paillettes turquoise, des manches ballon blanches, une jupette voletant en haut de mes cuisses. C'est frais, joyeux, coloré. La polka nous va bien, c'est une danse gaie, rigolote, qui correspond à nos caractères foufous. Pascal, en effet, que j'ai connu plutôt ronchon, sait maintenant montrer toute sa joie de vivre. Il s'est fait à la petite ! Pour la danse libre, nous avons choisi *les Parapluies de Cherbourg* et patinons tous deux vêtus de rouge flamboyant.

L'année suivante, à Dijon, nous portons du rose fuchsia pour danser sur la musique d'*Angélique mar-*

quise des anges, adaptant la romantique scène des retrouvailles avec Geoffrey de Peyrac. Malgré notre jeune âge, nous nous montrons déjà assez bons comédiens. Et la première marche du podium est pour nous ! Notre titre de champions de France juniors nous vaut un visa pour les championnats du monde de cette catégorie, le 2 décembre 1986, au Canada. Enfin, je vais pointer ma frimousse dans une compétition internationale !

Quelle joie d'intégrer l'équipe de France et de porter ses couleurs à l'étranger ! Quand, dans la patinoire de Kitchner, Ontario, j'entends le speaker annoncer nos noms suivis d'un « *representing France* », je suis transportée. Tout est féerique : je n'ai jamais vu une patinoire aussi grande et, face aux gradins, je me sens un petit point sur la glace.

Score honorable, nous sommes cinquièmes sur vingt-quatre, et j'ai enrichi mon anglais, prenant un grand plaisir à rencontrer des patineurs venus de tous les horizons. Pour notre entraîneur, le plus important était de nous montrer sous les meilleurs auspices : mission accomplie.

L'année suivante, nous entrons dans la catégorie des seniors et obtenons la médaille de bronze aux championnats de France. Jusqu'à présent, les dieux sont avec nous !

C'est en plein air que nous avons obtenu notre premier podium international, en janvier 1988, lors du Grand Prix de Bâle, en Suisse. Il fait un froid d'esquimau et nous portons nos tenues d'entraînement. Frileuse comme je suis depuis toute petite – ma première tunique était en laine, tricotée par ma mère ! –, j'ai superposé les vêtements, et on ne peut pas dire que la compétition soit très sexy. De plus, l'ambiance est glaciale. Nous terminons troisièmes, après deux couples russes que nous avons déjà rencontrés lors d'un stage à Moscou. Ce podium « en famille » nous a réchauffés !

En février, se déroulent les jeux Olympiques de Calgary, au Canada. En les suivant avec passion, nous formons le vœu qu'un jour nous aussi ferons partie de l'élite ! Comme les Duchesnay, qui finissent huitièmes. Mais ne nous attardons pas sur nos rêves : en mars, la Pologne nous attend pour le prix de Gdansk, que nous avons remporté en catégorie junior l'an dernier.

Cette fois, c'est dans la catégorie senior que nous concourons. Le public polonais nous reconnaît, nous encourage, la patrie de Lech Valesa a pris goût à nos exhibitions. Quand nous nous élançons sur la glace, nous éprouvons un tel sentiment de quiétude, contrairement à notre tension habituelle, que la deuxième place nous est décernée.

Podium, applaudissements. Et puis, gag ! Après la remise des prix, l'organisateur prend le micro, commence son discours... interminable. Entre deux aimables sourires, je baisse les yeux pour contempler la coupe en porcelaine, posée au sol, que l'on vient de nous remettre. L'exposé enfin conclu, je me penche pour récupérer notre trophée... Collé à la glace, il résiste ! J'hésite entre le fou rire et la consternation. Heureusement, avec l'aide de Pascal, quelques secondes suffisent à libérer délicatement l'objet.

Un peu plus tard, dans la précipitation du départ, la coupe finira en puzzle à la gare de Gdansk !

La juge polonaise, venue en avril assister au trophée de Morzine, nous a fait la jolie surprise de nous offrir la même.

À l'été, nous nous apprêtons à quitter le club pour intégrer celui de Colombes, en région parisienne.

Notre nouvel entraîneur sera Danielle Marotel.

J'ai dix-neuf ans et j'entre dans la phase décisive de ma carrière.

7

La ville, ma sève. Paris, ma liberté. J'ai quitté les blancs alpages de Morzine avec un enthousiasme de chat choisissant son coussin. Je sens, enfin, que dans la grande capitale je vais être libre de mes mouvements et pouvoir mettre le nez dehors sans crainte d'être épiée, repérée, critiquée.

Nous avons quitté Anne Corlay un peu tristement. Faute de subventions, malgré notre palmarès prometteur, elle ne peut plus nous entraîner.

Le public l'ignore, mais la danse sur glace, suivie pourtant par de nombreux fans, est vraiment le parent pauvre du sport. Mes parents, mes plus fidèles sponsors, en savent quelque chose : entre le prix des stages (4 000 F il y a dix ans pour une semaine), ceux des déplacements et hébergements, des patins (environ 5 000 F) et des costumes, l'addition est plutôt salée ! Un budget de 350 000 F pour l'année, estimait papa en 1989. Les subventions et aides privées, bien que généreuses, se révèlent la plupart du temps insuffisantes. Mon père, avec son salaire de représentant, et ma mère, de couturière, ont du mal à joindre les deux bouts.

Quelle constance pourtant, quelle foi !

Au terme de différentes hésitations et transactions, nous avons décidé de défendre les couleurs de Dijon, reprenant notre licence dans ma ville natale, et choisi Colombes, plutôt que Lyon qui nous était proposé, comme site d'entraînement. Ainsi, nous allons travailler dans le centre préolympique, créé en vue des J.O. d'Albertville en 1992, en compagnie, entre autres poulains de la fédération, de Philippe Candeloro.

Nous entrons officiellement dans la cour des futurs grands, sous l'égide de Danielle Marotel, entraîneur national, à l'origine de notre couple.

Depuis le fameux stage de l'INSEP, suivi lorsque j'avais à peine douze ans, nos relations ont eu le temps de s'améliorer. Au cours des stages qu'elle anime l'été à Morzine, j'ai appris à connaître, à admirer cette femme au regard clair et plein de franchise, derrière ses grandes lunettes qui lui donnent l'air sérieux. À la qualité de son enseignement se sont greffés les bienfaits climatiques de la région, dont les effets provoquent une augmentation des globules rouges, contribuant à une meilleure condition physique.

Seul obstacle à la félicité : l'heure du réveil. À 5 heures du matin, c'est dur de quitter sa couette, surtout quand les jeunes de notre âge, eux, rentrent de boîte de nuit. Mais une fois dehors, quelle merveilleuse sensation de plénitude ! Dans Morzine endormi, nous sommes seuls au monde. Nos pas alertes nous mènent vers la patinoire, prêts à tous les exploits.

À Paris, ou plutôt à Courbevoie, dans la banlieue ouest, un foyer de jeunes travailleurs devient le nôtre. Les petits nouveaux, dont je fais partie, doivent partager leur chambre. Une nouvelle expérience, loin d'être désagréable pour moi qui n'ai jamais connu les joies de l'internat. Nous poursuivons à Nanterre notre scolarité – je suis maintenant en terminale –, de concert avec les élèves de l'Opéra de Paris, dirigés par Claude Bessie. Je reviens d'une certaine manière à mes premières amours, et constate que nous vivons les mêmes tourments, du draconien régime alimentaire à la dureté de l'entraînement.

À midi, Fabien, le fils du directeur de la patinoire de Colombes, vient nous chercher. Sur la glace, nous retrouvons Danielle, dont nous ne sommes pas les seuls élèves. Depuis quelque temps, elle entraîne un autre couple, Dominique Yvon et Frédéric Palluel, avec qui nous jouerons au chat et à la souris au cours d'un certain nombre de compétitions. Le « partage maternel » de Danielle force déjà mon admiration : avec beaucoup d'intelligence, elle donne autant d'elle-même à nous tous.

Cela n'empêche que, destinés aux mêmes compétitions, nous soyons rivaux. Ne pouvant garder nos programmes secrets, chaque couple dépense une énergie monstre pour éblouir l'autre. Si l'émulation se révèle bénéfique, elle est harassante ! Mais lorsque nous quittons la piste, tout est oublié. On décompresse, on parle d'autre chose que de patinage.

Dominique et moi nous sommes souvent retrouvées dans la même chambre d'hôtel lors des championnats internationnaux et, malgré nos scores – nous arrivions toujours dans un mouchoir de poche –, nos relations ont toujours été des plus cordiales, parfois complices. Avec un bémol cependant lorsque Pascal et moi avons pris le dessus, en 1992, peu avant que Frédéric et elle ne quittent le milieu.

8

Ayant découvert l'infidélité de sa femme, le sultan Schariar ordonna son exécution. Dès lors, pour assouvir sa colère, il prenait épouse chaque nuit et faisait périr la malheureuse au lever du jour. Jusqu'au soir où Schéhérazade, vouée au même sort, commença un récit envoûtant, qu'elle interrompit à l'aube afin de tenir en haleine le roi sanguinaire. Elle continua durant mille et une nuits et son bien-aimé renonça à sa sentence de mort.

C'est sur ce thème légendaire que nous avons choisi de créer notre programme libre pour la saison 1988-1989.

Avec une patience et une ténacité dignes de cette reine orientale, nous répétons chaque mouvement de notre danse, sous la direction de notre nouvelle chorégraphe, Natacha Dabbadie, parallèlement au travail technique guidé par Danielle.

D'origine russe, mariée à un Français, Natacha Dabbadie a été danseuse au Kirov, l'équivalent à

Saint-Pétersbourg des ballets du Bolchoï de Moscou. Elle vient de s'installer en France, est la chorégraphe de plusieurs patineurs de l'équipe de France, et va nous suivre pendant neuf ans.

Natacha est intraitable. Si je n'ai jamais pleuré en compétition, j'avoue qu'avec elle, devant le miroir de la salle de danse, j'ai plusieurs fois craqué. Nous pouvons passer dix jours à régler une séquence de dix secondes. De rage, il m'arrive de me dire : « J'en ai ras le bol, j'arrête tout ! » Mais le soir, en rentrant au foyer, je me raisonne : « Posons tout sur la table, qu'y a-t-il eu de positif aujourd'hui ? » Le lendemain, je mets un mouchoir sur mes souffrances de la veille et repars, bien concentrée, pour une nouvelle journée de labeur !

Le patinage est une école de la patience, je ne l'avais jamais imaginé à ce point. Et cette fois, Pascal en bave autant que moi ! Mais la générosité, le talent, la personnalité de Natacha aidant, nous avons persévéré.

Maudite Schéhérazade !

Au Canada et à Birmingham, deux compétitions majeures, la sultane va nous donner du fil à retordre...

Je porte une tunique à jupette mordorée, décorée de breloques et agrémentée sur le devant d'un gros cabochon qui fait illusion. Ma tenue n'est pas assez orientale à mon goût mais, à l'époque, le règlement est strict : pas un centimètre de peau ne doit apparaître. Nous aurions pu malgré tout utiliser un tissu de couleur chair pour donner l'impression de ventre nu, comme le fait toute patineuse pour couvrir bras et décolleté.

Je suis pourtant bien loin de ces considérations lorsque, le 30 octobre 1988, bras ouverts devant Pascal, cheville droite dans sa main également levée, je m'apprête à m'élancer sur les premières notes de violon. Quinze jours après le bon résultat de Vienne – nous avons été quatrièmes pour cette première compétition internationale préparée avec Danielle – nous participons au Skate Canada. Tout est parfait jusqu'à la dernière minute de notre programme : en exécutant une figure assez acrobatique, ma broche se trouve malencontreusement accrochée au vêtement de mon partenaire. Une solution radicale s'impose : j'arrache tout, semant sur la glace bijoux et falbalas ! La patinoire est grande mais je termine mon exhibition paniquée à l'idée que nos lames butent sur les cailloux du Petit Poucet entraînant ainsi, immanquablement, notre chute.

Cette malheureuse minute a duré une éternité.

Rentrés à Paris avec une sixième place (nous n'étions pas les derniers !), nous avons droit à une seule journée de repos avant les championnats de France, à Limoges. Dominique et Frédéric les remportent, nous reléguant à la seconde marche du podium. Un jour, c'est sûr, nous les devancerons, pensai-je avec calme. Mais quand ? Leurs nombreuses participations aux rendez-vous internationaux leur ont permis d'acquérir une expérience que nous ne possédons pas encore.

Une semaine plus tard, très impressionnée, je découvre l'immense salle aux tentures rouges de Bercy.

Nous venons d'être sélectionnés pour les championnats d'Europe – nos premiers – qui auront lieu dans deux mois à Birmingham, et le Trophée Lalique, accueilli par le palais omnisports, fait pour nous figure de test.

Les entraînements, prévus sur le site, se déroulent à huis clos. La première demi-heure, je reste pétrifiée. Dans la pénombre, les immenses gradins aux sièges repliés me lancent des regards noirs, et la surfaceuse, qui entre en piste régulièrement pour parfaire la glace, me fait l'effet d'un lion déboulant dans l'arène, prêt à nous dévorer ! Sous les exhortations familières de Danielle et de Natacha, je redescends sur terre.

Le jour de la compétition, comme par enchantement, je n'ai plus qu'un désir, faire rêver le public qui emplit les tribunes, leur donnant enfin figure humaine. Un parcours sans faute et une sixième place sur neuf, juste après, encore une fois, nos incontournables camarades d'entraînement !

« Sur la piste du parc des expositions de Birmingham, les Français Sophie Moniotte et Pascal Lavanchy pour leur premier championnat international », annonce Jean Marquet. Le 21 janvier 1989, le journaliste commente pour Antenne 2 les championnats d'Europe. C'est la première fois que nous passons à la télévision et nous savons familles et amis vissés devant leurs postes. Dans la salle de dix mille places, autant dire que nous sommes dans nos petits patins ! Ce n'est pas le moment de faire une connerie.

Et on l'a faite.

Alors que je patinais en arrière, Pascal, face à moi, a « piqué de la pointe » et s'est affalé.

Rapide coup d'œil au chrono : il nous reste deux minutes trente de programme à accomplir, soit largement le temps de chuter à nouveau... Sans interrompre la danse, attendant que Pascal me rejoigne pour enchaîner, j'imagine le pire. Quelques secondes de torture pendant lesquelles la bande musicale, bien sûr, continue à défiler. Au cours de nos entraînements, répétant dans les conditions d'une compétition, nous avons appris à retrouver immédiatement nos repères en cas de bavure, faisant l'impasse sur le mouvement suivant. Le stress en moins, c'était plus facile.

Pascal rejoint enfin une Schéhérazade un peu crispée, la danse s'achève sans autre incident. Dernière note, dernière figure, ouf !

Grâce à l'enregistrement réalisé par mon père, j'ai pu contempler nos visages dépités lorsque nous avons rejoint le *kiss and cry*, ce lieu où on s'embrasse *(kiss)* et on pleure *(cry)* à l'annonce des résultats, notés sur 6. La première série évalue la qualité technique, la seconde concerne le jugement artistique. Alors qu'explose une rafale de 4 et des poussières, je prends la main de Pascal, il passe son bras autour de mon cou. Deux gosses désespérés d'avoir fait une grosse bêtise ! Seule Danielle affiche une consolante sérénité. Nous obtenons tout de même 5,0 de la part du juge français et du juge anglais.

Déjà, le couple suivant se prépare, nous regagnons les vestiaires, pressés de quitter les lieux.

En sortant, une fois rhabillée, je pousse un cri ! Pascal, qui souffre d'allergies diverses, affiche son accablement en relief et Technicolor : sous l'effet du choc, il a doublé de volume et ressemble à l'incroyable Hulk !

Nous avons terminé la compétition onzièmes sur vingt-quatre concurrents, mais le commentaire télévisé de Jean Marquet, écouté par la suite chez mes parents, nous a réconfortés : « C'est bon, c'est très bon malgré la petite faute de Pascal Lavanchy. Ils sont très applaudis ici par un public anglais venu nombreux, un public de connaisseurs depuis de nombreuses années, car c'est un peu en Grande-Bretagne qu'est née la danse sur glace... » Le journaliste a ensuite salué notre patinage « rapide, vif, expressif ».

Il n'empêche. Après tant d'heures passées sur ce programme, la déception fut énorme.

Comme si ces contrariétés ne suffisaient pas, à mon retour à Paris, j'ai mal en haut de la cuisse droite. Malgré le repos qui nous est octroyé avant les championnats du monde, prévus en mars à Paris, la douleur s'aggrave. À la suite d'examens, on diagnostique une inflammation, sans pouvoir préciser quel muscle est atteint. Il faudra près de huit mois pour l'identifier ! En attendant, j'ai droit à des infiltrations à la cortisone sans grands effets. Et pour cause, on me pique au mauvais endroit ! Je reprends l'entraînement en souffrant toujours autant, jusqu'à ce qu'un médecin finisse par désigner le coupable : le psoas-iliaque, muscle latéral situé entre les vertèbres lombaires et le fémur, permettant la flexion de la cuisse. Enfin soignée comme il faut, je reçois pour consigne de travailler en fonction du seuil de la douleur. Au début, je cesse tout mouvement au bout de cinq minutes.

Flanqué d'un canard boiteux, Pascal, lui, tourne comme un lion en cage. Cette blessure nous prive de compétition pendant un an.

En mars 1990, réparée et pleine d'espoir, je suis prête à concourir pour les championnats du monde de Halifax au Canada. Pascal respire. Il est vital pour nous de revenir dans le circuit. L'expérience acquise en championnats s'est toujours révélée irremplaçable : seules les montées d'adrénaline liées aux enjeux et la confrontation avec les plus grands nous apprennent à maîtriser notre stress et à prendre confiance. Sans une certaine paix intérieure, il est impossible d'atteindre les sommets.

C'est pourquoi l'injustice que nous allons subir nous causera cruellement préjudice.

Doutant de ma guérison, les dirigeants de la Fédération française des sports de glace ne sont pas très chauds pour notre participation au mondial. Qu'à cela ne tienne, faisons un test d'évaluation !

À force d'insister, nous voilà un beau jour confrontés avec le couple Christelle Gautier et Albérick Dallongeville, chargé en principe de nous remplacer en cas de blessure durant une compétition. Pour la fédération, il s'agit de savoir lequel d'entre nous sera le meilleur ambassadeur du patinage français face aux danseurs internationaux.

L'essai terminé, la balance penche de notre côté. À nous deux, Halifax !

Revenue au foyer, je prépare ma valise en chantonnant. Maman a fait un saut jusqu'à Paris pour apporter mes tenues auxquelles elle a mis une dernière touche. Et il y en a des tuniques à prévoir ! Celles réservées aux entraînements sur place et celles que nous mettrons le jour de la compétition, différentes pour chacune des trois épreuves : danses imposées, danse originale, danse libre. Le thème des deux premières est choisie par l'ISU, International Skating Union (Association internationale du patinage). Les danses imposées sont les plus contraignantes puisque tous les concurrents doivent effectuer les mêmes pas sur une même musique, les meilleurs techniciens sont récompensés.

La danse originale ou « de création » (valse, rumba, tango, etc.) laisse le choix aux patineurs de la musique et des pas. La danse libre est la plus importante : elle nous permet d'exprimer toute notre créativité et compte pour moitié dans l'évaluation finale.

Sous l'œil amusé de maman, si heureuse pour moi, je passe en revue ma garde-robe. Tout va bien, elle peut reprendre le train l'esprit tranquille. Mes bagages fin prêts, je m'étends sur le lit, tentant de calmer mon excitation : nous partons demain pour le Canada et il s'agit d'être en forme.

C'est alors que j'entends frapper.

« Un coup de fil pour toi ! » me dit-on de l'autre côté de la porte.

En descendant l'escalier qui mène au hall du foyer, je fais un rapide calcul : cela ne peut pas être maman, elle n'est pas encore arrivée à Dijon... Je suis loin d'imaginer qu'il s'agit d'un appel de la fédération.

« Sophie, on a un gros problème, me dit le président d'une voix sourde.

– Mais encore ? Vous me faites peur !

– Votre nom n'est pas sur la liste. »

Nous ne partirons pas pour Halifax. À notre place, sur le document officiel, figure le nom du couple de remplaçants. Alors que nous avons obtenu l'aval du directeur technique de la fédération à l'issue du test d'évaluation.

Version officielle : la secrétaire s'est trompée.

Quand on sait que les listes sont dûment signées par la fédération avant d'être transmises à l'ISU, elle a bon dos, la secrétaire !

Nous ne saurons jamais ce qui s'est réellement passé. Mais, connaissant la cuisine peu ragoûtante que mitonnent les instances officielles de notre sport, nous avons compris que, essai gagné ou pas, les dés étaient pipés, nous étions indésirables.

Il faut savoir que, à cette époque-là, pour un même championnat international, chaque pays a droit à un nombre de candidats déterminé en fonction du classement obtenu l'année précédente. Par exemple, si la France gagne un podium au mondial, c'est-à-dire un couple de patineurs arrivé dans les trois premiers, elle peut présenter trois couples l'année suivante à cette même compétition ; deux couples en cas de classement entre la quatrième et la dixième place et un seul au-delà de la dixième.

Pour les sportifs, c'est dramatique ; leur chance de participer à une rencontre déterminante pour leur avenir n'a aucun rapport avec leurs progrès : certains ont beau gravir les échelons à l'étranger ou dans leur propre pays, ils sont, en vertu de cette loi arbitraire, écartés d'office. Ou encore, par exemple le premier couple d'un pays sera placé avant le troisième couple d'une autre nationalité, même si le niveau de ce dernier est supérieur.

Résultat : c'est la porte ouverte aux magouilles !

Dans un sport où la cotation est essentiellement subjective, surtout pour l'évaluation artistique d'un programme, les alliances et transactions entre instances nationales, entraîneurs et juges vont bon train. Elles ressemblent à ceci : « Tu classes mon couple Untel troisième, je sacrifie mon second à la onzième place pour laisser du champ au tien. »

Cette année-là, à Halifax, la France présente deux couples. Pourquoi pas trois, puisque Isabelle et Paul Duchesnay ont obtenu la médaille de bronze au mondial de l'année passée ? Encore un mystère. Toujours est-il que avec nous aurions dû faire partie du voyage avec les Duchesnay, le couple Yvon-Palluel ayant été contraints de s'abstenir : Dominique a fait une mauvaise chute trois semaines avant les championnats, sa tête a heurté la glace, provoquant un léger traumatisme crânien.

Le 2 mars, treize jours avant la rencontre, le journal *l'Équipe* annonce notre participation et précise que Gaultier-Dallongeville nous accompagneront au titre de remplaçants.

Malgré mon indéniable guérison, certifiée lors du test d'évaluation et par un médecin digne de foi, la fédération a eu peur que je ne sois pas capable de terminer la compétition. Plutôt que de se fier aux jugements favorables des spécialistes, elle a préféré envoyer à notre place un couple moins performant mais dont elle était certaine qu'il tiendrait sur ses jambes !

Christelle et Albérick ne se sont pas faits prier, c'est de bonne guerre.

Sans la moindre pensée pour les conséquences du choc émotionnel infligé – elle nous avait permis d'espérer en autorisant le test – ni pour le préjudice qu'elle nous causait, la fédération nous a sacrifiés.

Nos « remplaçants » sont arrivés dans les derniers, quand nous pouvions prétendre à une quinzième place.

S'il n'y avait pas eu le soutien précieux, exemplaire, de Danielle, nous aurions abandonné le patinage...

9

« Je rentre à Morzine », décide Pascal.

Je suis tout aussi écœurée. Après la cuisante expérience de notre éviction du mondial, nous avons tergiversé durant cinq jours.

Patiemment, Danielle nous a raisonnés.

« Vous avez du talent, vous êtes sur la pente ascendante. Je comprends votre déception, votre ras-le-bol, mais dans les mois, les années à venir, vous serez récompensés. Ce n'est vraiment pas le moment d'abandonner ! »

Après des heures de discussions, d'arguments inlassablement répétés, elle réussit à nous convaincre. Son attitude est d'autant plus exemplaire que Dominique Yvon et Frédéric Palluel, ses premiers protégés, n'ont pas très bon moral non plus, ayant dû déclarer forfait à Halifax après la blessure de Dominique. Danielle s'est littéralement dédoublée, nous prenant en main comme des mômes sans faire peser sur les autres sa fatigue et ses préoccupations.

Nous rechaussons nos patins, et commençons les répétitions de notre nouveau programme, sur la musique du film *le Fantôme de l'Opéra*, en vue de la compétition de Saint-Gervais, le 22 août 1990.

Avec toutes ces péripéties, il reste peu de temps pour nous préparer à cette épreuve internationale. Aucun couple français ne l'a encore gagnée. Nous sommes motivés, mais il ne faut pas trop rêver...

Mettre au point un programme, c'est aussi apprendre à prévenir le stress et ses effets paralysants lors d'une compétition, un peu de trac valant mieux que trop de nonchalance, bien sûr. Dans notre cas, le combat est difficile. De nouveau confiants, grâce à Danielle, nous ne pouvons nous empêcher de craindre un méchant imprévu. Et nous avons parfois du mal à retrouver notre aisance. Inlassablement, Danielle nous remet sur les rails.

« Cessez de gamberger ! Pourquoi avez-vous réussi ce mouvement jusqu'à présent ? C'est dans votre tête que vous freinez ! Réveillez-vous et arrêtez de chipoter sur des détails ! »

Le ton est brutal mais, évidemment, elle a raison. Mal à l'aise, plantés contre la balustrade, Pascal et moi perdons du temps à nous chamailler comme des gamins. Le trac a toujours perturbé nos relations. À l'approche de chaque compétition, dès que nous commençons à nous inquiéter, si l'un commet une faute, l'autre l'assassine. La peur se glisse insidieusement entre nous, devient l'ennemi à abattre. Dans l'arène glacée, Danielle nous offre ses parades : son autorité, sa foi, son professionnalisme. Ensuite, au cours des heures précédant la compétition, chacun a sa méthode.

Après m'être préparée psychologiquement, grâce aux leçons de mon entraîneur, je m'échauffe hors glace, cherchant un contact avec le plus de gens possible. J'ai besoin de parler et il m'arrive souvent de raconter, à mon kinésithérapeute par exemple, les dernières blagues du moment ! Je fais en sorte de devenir « électrique ». La « pile Sophie » est alors prête à chausser ses patins. Je ne pense plus qu'à une chose : offrir du bonheur aux personnes installées dans les tribunes et aux téléspectateurs. Ainsi, ma joie de vivre, dont on m'a souvent félicitée, éclate sur la glace.

Sans le public, je crois que je n'aurais jamais réussi dans ce sport qui pourtant me passionnait. Mais, pour le toucher au cœur, il faut « vivre » notre programme et non le « traverser », comme dit Natacha Dabbadie. L'expérience, la maturité, nous permettent d'être suffisamment concentrés pour passer, de façon crédible, d'un registre romantique à plus de légèreté.

Juste avant d'entrer en piste, en quittant le vestiaire, je me dis toujours : « La prochaine fois que j'ouvrirai cette porte, j'aurai fini ! » Je n'en mène pas large. Puis, alors que les notes des concurrents qui nous précèdent sont annoncées et après quelques tours d'échauffement sur la glace, main dans la main, Pascal et moi allons trouver Danielle pour recueillir ses derniers encouragements. « Vous y allez de tout votre cœur, vous y allez à fond ! » Sa ferveur est communicative.

Au centre de la patinoire, nous nous plaçons en position de départ, la musique commence, le trac s'envole.

Le Fantôme de l'Opéra est un programme difficile. Notre seul avantage est de nous entraîner à Morzine, tout près de Saint-Gervais, ces deux villes de Haute-Savoie étant situées à une altitude à peu près équivalente, environ 1 000 m. Travaillant dans des conditions de moindre oxygénation, nous serons mieux préparés.

Nous avons conçu notre danse libre dans un esprit acrobatique. Ce sera plus attrayant pour le public et cet aspect kamikaze n'est pas pour nous déplaire. Surtout après avoir tant ruminé ces derniers temps ! On a besoin de se jeter à fond dans la bataille. À nous « l'avion » (Pascal me tient par un bras et une jambe et me fait tourner), « l'aspirateur » (les mains dans celles de Pascal, jambe tendue, je glisse au ras du sol), « la crêpe » (mouvement vif qui nous fait penser à une galette que l'on retourne dans une poêle !). Nous avons ainsi baptisé les figures que, sans relâche, nous recommençons.

À une semaine de la compétition, occupés à maîtriser ces mouvements délicats, nous n'avons pas encore eu le temps de « patiner en entier », c'est-à-dire d'effectuer toute la danse sans l'interrompre quoi qu'il arrive. Généralement, nous consacrons une quinzaine de jours à cet ultime exercice.

La première fois que nous réalisons le programme sous les yeux de Danielle et de Natacha il y a un raté, bien sûr. Et, contrairement aux règles de l'entraînement, nous nous arrêtons. J'entends encore les hurlements de Danielle à l'autre bout de la piste. « Vous allez continuer, oui ? » Elle en veut autant que nous et l'effet de sa colère est, encore une fois, positif. Avec l'impression qu'elle nous a planté une seringue dans le derrière, nous repartons comme des fusées !

Sur la glace de Saint-Gervais, vêtus de noir, un voile cousu à nos manches en guise de cape, ma tunique terminée par une jupette formée de pétales blancs et noirs, nous nous tenons dos à dos, patins contre patins, tête baissée. Notre position de recueillement est déjà un défi : dans deux secondes, la musique retentira et nous déploierons nos ailes.

Dans cette même patinoire, juste avant ma rupture avec Emmanuel, j'avais gagné le prix Montjoie en solo. C'était il y a cinq ans. Aujourd'hui, un même esprit de revanche m'anime. Le tirage au sort nous a désignés pour passer en dernier, nous apprécions cet avantage.

Très vite, le public salue de ses applaudissements les risques que nous prenons. L'exhibition est retransmise par la télévision et le commentateur, de nouveau Jean Marquet, va également nous féliciter, rappelant notre absence durant un an de la scène internationale : « Non seulement ils ont très bien repris mais ils ont énormément progressé au cours de ces derniers mois ! »

La danse s'achève sur l'image d'un couple déchiré, Pascal s'éloignant et me laissant à terre.

L'instant suivant, ressuscitée, juste avant de saluer les tribunes enthousiastes, je pose ma tête contre son épaule. Je sais que nous avons bien patiné !

Nos visages filmés dans le *kiss and cry* sont radieux. Dès l'annonce des premiers 5,5 – nous en additionnerons sept et un 5,6 –, tout le monde comprend que la plus haute marche du podium nous est destinée. C'est l'ovation. Pour la première fois, un couple français gagne le grand prix de Saint-Gervais.

Et ce couple, c'est nous !

Pour la première fois aussi, *la Marseillaise* va retentir grâce à notre performance. Mentalement, alors que Pascal, la main sur le cœur, remue les lèvres comme pour chanter les paroles, je dédie l'hymne à ma famille. Le drapeau français monte au mât, solennel, notre fierté est à l'unisson. Après nos tristes mésaventures, c'est peu de dire que j'aimerais voir durer longtemps cet inoubliable moment. Le plus attendu, le plus bouleversant dans la carrière d'un sportif.

Dans les tribunes, mes parents n'ont pu cacher leur émotion. Et lorsque, le soir, j'ai téléphoné à mes frères, ils m'ont dit : « Tu es dure avec nous, tu nous as fait chialer ! »

Bizarrement, alors que durant de longs mois personne ne nous prêtait attention, les regards des différents dirigeants de notre discipline se tournent vers nous.

Quelle jouissance, il faut bien le dire, que ce sentiment de réparation !

10

Nous aimons beaucoup les Duchesnay, inventeurs bienvenus de la folie, de la fantaisie, de la liberté sur glace. De quelques années plus âgés que nous – j'ai neuf ans de différence avec Paul et six avec Isabelle –, ils rompent avec le classicisme de notre discipline, bouleversant les règles avec bonheur. Ainsi, aux jeux Olympiques de 1988, ils ont audacieusement choisi la musique de *la Jungle*, patinant sur fond de tam-tam, habillés de lambeaux savamment ajustés pour évoquer Tarzan et Jane ! Leurs portés sont osés. Par exemple, ils ne se privent pas de réaliser des figures où la femme se trouve au-dessus de l'homme alors que, traditionnellement, c'est interdit. Pionniers, précurseurs, l'avant-garde de leur style dérange les pontes internationaux. Mais le public, lui, est aux anges.

Peu après leur départ du circuit, en mars 1992, leur influence sera déterminante. La tenue des femmes, par exemple, est devenue beaucoup moins stricte : les bras nus ne sont plus un sacrilège !

En dehors des compétitions, nous retrouvons Paul et Isabelle chaque été, au cours de stages que nous suivons à l'étranger. En Allemagne, en Russie, en Angleterre, où nous souffrons avec joie sous la direction de grands coaches, comme ceux des ex-champions olympiques Torvill et Dean. Là, les Duchesnay deviennent un peu nos grand frère et grande sœur. Nous les regardons évoluer avec fascination.

Quand nous quittons la patinoire, Pascal et Isabelle s'envoient des piques en rigolant, et moi, la bavarde, je ne me lasse pas de discuter avec Paul. Il connaît par cœur les péripéties de notre parcours et paraît très ému de notre victoire à Saint-Gervais, compétition à laquelle son couple n'a pas participé.

Notre stage de l'été 1990 terminé, nous nous quittons avec une jolie perspective : celle de nous revoir à Dijon, début novembre. Nous y serons concurrents, mais la famille va se retrouver.

Patiner sous le regard de ceux qui m'ont connue petite m'a toujours remplie de joie. Sur la glace de Dijon, en compétition pour les championnats de France, j'ai l'impression qu'on m'a greffé un turbo tant je déborde d'énergie !

Vêtus de noir pailleté pour un tango élégant, altier, de bleu vaporeux au son d'un blues sensuel, déchirant, et de nos costumes d'opéra pour *le Fantôme*, notre danse libre, nous avons, sans nous vanter, déchaîné l'enthousiasme au cours des trois épreuves. Des cris, des sifflements, un triomphe. Nous arrivons deuxièmes, derrière Paul et Isabelle et devant le couple Isabelle Sarech et Xavier Debernis, bien connus des Duchesnay puisqu'ils s'entraînent dans la même patinoire, à Oberstdorf en Allemagne. Dominique et Frédéric sont absents pour cause de blessure.

Après le Trophée Lalique, à Bercy, qui nous vaut également une médaille d'argent, se profilent les championnats d'Europe de janvier 1991, à Sofia, capitale de la Bulgarie.

Cette fois, l'effet pervers d'une décision prise par la fédération, et que je juge inique, va provoquer une véritable guerre de tranchées entre le couple Dominique-Frédéric et le nôtre. Nos dirigeants nous ont en effet informés que, à l'issue de de la compétition de Sofia, sera désigné le couple qui participera deux mois plus tard au mondial de Munich. Avec ce double enjeu aux championnats d'Europe, notre habituelle concurrence va tourner à la rivalité malsaine, éprouvante sur tous les plans.

J'ai récemment demandé à Danielle comment elle avait vécu ces délicats moments. Capitaine commun de frères ennemis, à l'époque, j'ai imaginé qu'une telle situation, née pour moi d'une flagrante injustice, la mettait à la torture. Mais je ne suis pas entraîneur. Si elle sentait bien la tension qui régnait sur la glace, elle a estimé que nous étions prévenus et, tout en tenant compte de nos fragilités, n'a pas partagé, cette fois du moins, notre animosité.

Ce qui nous a conduits à cette situation difficile tient en quelques faits.

En 1990, Paul et Isabelle Duchesnay remportent la médaille de bronze aux championnats d'Europe et la médaille d'argent aux championnats du monde. En 1991, la France a donc le droit de présenter trois couples à ces mêmes compétitions, dont, bien sûr, les Duchesnay.

Qui vont être les deux autres ?

À Dijon, nous venons de nous qualifier à la deuxième place. En qualité de vice-champions de notre pays, il est légitime d'espérer obtenir nos passeports pour ces deux grandes manifestations. Même si Dominique et Frédéric avaient participé aux championnats de France, nous reléguant par leur présence, éventuellement, en troisième position.

Hormis les Duchesnay, la fédération a déjà décidé d'offir un visa pour le mondial à Isabelle Sarech et Xavier Debernis, médailles de bronze à Dijon, donc juste derrière nous. Absents de Sofia, Isabelle et Xavier méritent, selon le comité, cet encouragement.

Quant au troisième couple sélectionné pour Munich, que Yvon-Palluel ou Moniotte-Lavanchy fassent leurs preuves en Bulgarie !

Malgré nos progrès sensibles et reconnus au plus haut niveau, nous n'avons, à cette époque, encore jamais battu Dominique et Frédéric.

Pour nous, l'entraînement aux championnats d'Europe, c'est déjà la compétition. Nous dépensons une énergie de titans, à la fois pour intimider nos petits camarades et retenir l'attention de Danielle. Il me suffit de la voir contre la balustrade, en conversation avec eux pour que je me sente lésée, abandonnée. Sous des dehors blindés, je suis comme ça, bouleversée par l'attention que l'on me porte, désespérée quand j'ai l'impression d'être rejetée. La danse sur glace est un sport mais aussi un art, avec tout l'investissement personnel que cela implique. Un don de soi, de ses émotions intimes. J'ai beau, au fil de mes déconvenues, m'être forgée une certaine carapace, le stress ajouté à la fatigue entame ma résistance. La moindre chute m'inquiète, me mortifie. Le soir, je rentre lessivée au foyer, ruminant ma rancœur. Au diable, la fédération ! Courbatue, meurtrie, je m'endors dans une nuit sans étoiles. Mais le lendemain matin, après avoir bu mon thé, je reprends le dessus et pars pour Colombes avec deux petits mots trottant dans ma tête, toujours les mêmes : « Relève-toi ! »

Après tout, nous allons peut-être les gagner ces maudits championnats !

À cause de la guerre du Golfe, de nombreux pays ont décidé de ne pas envoyer d'athlètes à Sofia. L'opération « Tempête du désert » des forces alliées contre Saddam Hussein a commencé cinq jours avant le début de nos championnats, le 22 janvier, et tout le secteur est exposé.

En arrivant à Sofia, après avoir déposé nos affaires à l'hôtel, nous gagnons rapidement le Palais des Glaces pour les derniers entraînements. L'ambiance n'est pas meilleure. Plus la compétition approche, plus elle ressemble à un règlement de comptes. Je ne vois pas plus loin que le bout de mes patins et, dans ce pays inconnu, ma famille me manque déjà cruellement. Il me tarde de me retrouver dans ma chambre d'hôtel, que j'ai à peine vue, pour téléphoner à mes parents, me réchauffer à leur confiance, m'entendre dire que ce championnat n'est pas la fin du monde...

En sortant de la patinoire, une étrange atmosphère me saisit. Pas un réverbère éclairé, pas une lumière. La ville, déserte, est plongée dans le noir. Par les vitres de la navette qui nous ramène à l'hôtel, les yeux écarquillés pour distinguer quelques contours, je devine la lueur de bougies aux fenêtres des habitations. Intriguée, mal à l'aise, j'ai l'impression de traverser un cimetière peuplé de feux follets.

Le lendemain, les organisateurs nous révèlent la cause de ce troublant spectacle : Sofia reçoit pour la première fois les championnats d'Europe et, faute d'argent, doit économiser l'énergie nécessaire pour éclairer la patinoire ! Cette explication me fait l'effet d'une douche glacée. D'un coup, je me rends compte à quel point nous sommes privilégiés. Face à la misère, comme nos préoccupations semblent dérisoire ! Avant même le jour des championnats, des Bulgares nous attendent à la sortie de la patinoire pour nous faire signer des autographes. Timidement, ils recueillent nos griffonnages avec vénération.

Jamais comme à Sofia je n'ai autant désiré faire rêver le public. J'aurais voulu l'entraîner dans mon sillage, partager avec lui ma joie de danser, lui offrir une trêve de magie dans un quotidien si gris. Peut-être avons-nous réussi. Mais nous avons perdu le pari de Munich.

Dans cette Bulgarie si attachante, les Duchesnay sont arrivés deuxièmes, Surya Bonaly fut consacrée championne d'Europe de patinage artistique. Ce titre magnifique, après tous les sacrifices et les souffrances que nous savions, nous a fait plaisir, pour Surya et pour notre pays, malgré la déception de notre défaite : Dominique et Frédéric, septièmes, nous ont devancés de deux places, obtenant ainsi leur sélection pour le mondial.

2 ans et déjà
une forte
propension
à montrer
mes jambes.

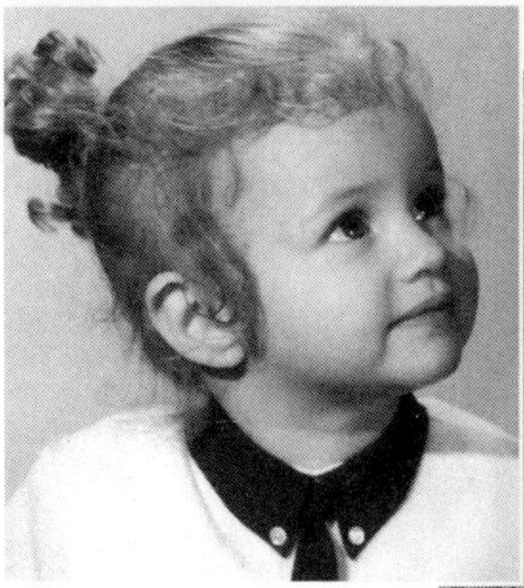

Après six mois
de patinage,
mes cannes
de serin
me portent
plutôt bien.

12 ans et la médaille de la ville de Dijon, remise par le maire, M. Poujade, pour ma 1re place aux championnats de France minimes (1981).

Stage d'été avec Emmanuel Col, mon premier partenaire.

Pour les championnats
d'Europe à Bercy,
papa et maman,
mes deux plus fidèles
et plus inconditionnels
supporters, sont venus
m'encourager.

Avec
Juan Antonio
Samaranch,
aux jeux
Olympiques
de Nagano
en 1998.

Aux championnats d'Europe à Bercy en 1997, les félicitations de Guy Drut
et de Danielle Marotel, notre entraîneur.

Les fans, enthousiastes
et démonstratifs.
Leur soutien indéfectible
est un atout important
dans une carrière
sportive.

Echauffement au sol avant la compétition, pour se mettre en jambes.

Dernières recommandations
et dernières mises au point
de Danielle Marotel,
avant de se lancer dans l'arène.

En 1994, à Chiba,
avec Surya Bonaly
et Philippe Candeloro.
Même médaille
d'argent pour tous.
Chacun dans sa catégorie
est vice-champion
du monde.

Trophée Lalique en 1992.
Je dédie ma victoire
à Guy Forget…

Jeux Olympiques
de Nagano
en 1998.
Notre dernière
compétition.

Moment de détente avec les participants de la *3 com stars challenge*, avant de regagner, solitaires, nos bolides respectifs.

Les Trois Mousquetaires,
Nathalie Simon,
Marie Fugain,
ma meilleure amie,
et Caroline Barclay.

Ma voiture,
mon joujou,
ma passion.

Enfin, j'enlève le haut !

Crédits photos : Christian Aubert pour *Télé 7 Jours* (page 7),
Alain Denize (pages 2, 3, 4, 5, 6, 7), D.R. (pages 1, 4), Zbigniew Kumidor (page 2),
Pockets (page 7), Jean-Loup Sieff pour *VSD* (page 8), Gérard Vandystadt (page 6).

11

C'est fou comme une simple soirée devant la télévision peut déclencher une telle avalanche d'émotions.

Nous sommes le 15 mars 1991, jour de la retransmission des championnats du monde de Munich sur TF1. Près de deux mois se sont écoulés depuis l'épreuve de Sofia, nous préparons la tournée de galas prévue en France dans les semaines qui viennent. Surtout, les jeux Olympiques d'hiver se profilent à l'horizon 1992. Nous n'aspirons plus qu'à une chose : être sélectionnés dans l'équipe de France des sports de glace et prendre le train pour Albertville.

Le libre danse du mondial de Munich commence à 23 h 50 mais dès 20 h 50, je suis vissée devant le poste, assise à côté de ma mère dans le salon de notre maison de Mâlain. Pour moi, la soirée commence par une histoire d'amour. Mon père, qui bricole encore dans le garage, ne sait pas que le garçon que j'aime est invité chez Patrick Sabatier. Connaissant ses craintes de voir sa fille s'adonner à une autre passion que celle du patinage, je ne lui ai jamais confié mes histoires de cœur. Il découvrira l'existence de celle-ci en lisant mon livre ! Seule ma mère est au courant de mon coup de foudre pour Jocelyn, invité ce soir chez Patrick Sabatier. Brun aux yeux sombres, cheveux en pétard, ce beau gaillard fait partie de l'équipe de hockey des « Canadiens de Montréal », comme Roch Voisine, héros de la soirée animée par Patrick.

J'ai rencontré Jocelyn il y a quinze jours, lors de l'enregistrement de *Tous à la une*. Nous étions invités pour exécuter une de nos exhibitions sur une piste en plastique aménagée pour l'émission. Jocelyn m'a été présenté lors de la pause, à la cafétéria. On a « capoté » l'un pour l'autre, comme on dit au Québec, et on est « tombés en amour » !

Pour la petite histoire, nous attendons toujours la diffusion de notre danse, Roch s'étant montré tellement bavard que nous avons été coupés au montage !

« C'est lui ! » Quelques minutes après le générique, je présente à maman mon « fiancé ».

Rires et gloussements parviennent aux oreilles de mon père qui, du fond de son atelier, nous en demande la raison. « C'est rien ! » répondons-nous avec un bel ensemble.

Durant toute l'émission, j'affiche un sourire radieux.

Mais le chapitre Jocelyn trouvera sa fin dans quelques mois : venu assister au Skate Canada à Thunder Bay, ayant parcouru pour cela 1 500 kilomètres depuis Montréal où il résidait, il m'a trouvée distante, peu disponible. Tout entière à la compétition, malgré l'affection que je continuais à lui porter, je l'ai à peine regardé. Jugeant qu'il était de trop, il s'est éclipsé de ma vie en douceur. Amour et vie de champion sont difficilement compatibles.

Mais le soir de « notre » émission, bien au chaud dans la maison familiale, j'ai encore des petites étoiles dans les yeux...

Puis commence la retransmission du mondial. Je n'ai rien connu de plus frustrant : suivre cette compétition tant convoitée à la télévision, quelle humiliation ! Mais nous avons eu le plaisir de voir les Duchesnay remporter les championnats du monde. Dominique et Frédéric sont arrivés huitièmes et le couple Sarech-Debernis a obtenu la quatorzième place. Certaine que nous aurions fait mieux, j'en ai d'autant plus voulu à la fédération.

Quand j'ai commencé le patinage, mes parents étaient loin d'imaginer qu'un jour leur petite fille accéderait aux plus hautes sphères de la compétition sportive. Moi-même, je n'en rêvais pas, trop occupée à progresser, pas après pas, avec pour toute ambition celle de réussir une figure, de dompter un mouvement. Enfant, je ne pensais qu'à suivre les directives de mon entraîneur, me corrigeant, guettant son approbation.

Et puis j'ai apprécié la compétition, dont le véritable enjeu est de se vaincre soi-même.

Et puis j'ai pris goût à danser devant un public, vibrant à ses encouragements, sensible à son regard qui, en miroir, nous renvoie l'image de la qualité de notre travail, et célèbre ou non nos efforts.

Et puis j'ai rêvé des jeux Olympiques.

La charte qui les régit m'exalte. Le sport devient symbole de la paix des nations, union des hommes à travers ce qu'ils ont de meilleur, le courage et le sens de la justice.

Un simple appel téléphonique m'annonce que mon rêve va se réaliser.

7 décembre 1991, 19 h 15. Le téléphone sonne. Mon père décroche. À côté de lui, ma mère et moi retenons notre souffle. La conversation est brève, il ne laisse rien paraître de son émotion et repose le combiné avec un calme... olympien. « Vous êtes sélectionnés ! »

Pour un peu, je redeviendrais la petite fille intenable ! Je saute au cou de mes parents, j'embrasse ma mère, je n'y crois pas. « Répète, papa ! » Oui, nous irons à Albertville, oui, nous allons vivre ce que les sportifs espèrent le plus au monde.

C'est aux championnats de France de Bordeaux, il y a trois semaines, que notre sélection s'est décidée.

Paul et Isabelle Duchesnay absents pour cause de

blessure, la compétition s'est engagée entre notre couple et celui de Dominique et Frédéric. Nos déboires passés m'ont fait craindre une nouvelle mise à l'écart. C'est pourtant tout sourires que nous sommes entrés en piste. La première manche, les danses imposées, fut gagnée par nos concurrents. Pour la seconde, la danse originale, les jurés ont penché en notre faveur.

Nous avons terminé vice-champions de France, derrière Dominique et Frédéric.

À la mi-janvier, trois semaines avant les jeux Olympiques, nous prenons le train pour Lausanne où se déroulent les championnats d'Europe.

La patinoire de Malley est située à dix minutes en voiture du centre lausannois. Cette ville est la plus tranquille que je connaisse, et l'accent de ses habitants, vaudois, y est plus traînant qu'à Genève. La ravissante cité aux nombreux palaces est entourée de collines, et domine le lac Léman.

Ce cadre si apaisant sera le théâtre du plus grand stress de ma vie : lors d'un entraînement officiel, un quart de seconde va suffire pour que je frôle une vraie catastrophe.

Une chute me propulse contre la balustrade. Le bruit qui résonne dans la patinoire me fait l'effet d'une explosion. Pour éviter toute « casse mécanique » de ma petite personne, j'ai le réflexe de mettre mes jambes en avant, bien tendues, et je fonce dans la barrière afin de stopper ma glissade.

L'impact est trop fort pour m'en tirer indemne, un genou est touché, heureusement sans trop de gravité, mais le plus ennuyeux était la détérioration d'une de mes lames.

Sur le site de la compétition, de multiples services sont mis à notre disposition, dont l'affûtage. Mais ce travail demande une telle précision que nous nous en préoccupons avant notre départ, afin d'obtenir les carres bien profondes dont nous avons besoin. Ainsi, pendant des années, nous sommes restés fidèles à un spécialiste de Morzine, faisant le voyage depuis Paris pour lui confier nos précieux bijoux. Puis cela nous est revenu trop cher et nous avons dû renoncer. Un Parisien virtuose a pris le relais, « Pierre le sauveur », qui, ce soir à Lausanne, nous fait gravement défaut.

Je m'en remets donc au spécialiste présent.

Résultat, et je m'en aperçois lors du dernier entraînement officiel, ma carre intérieure est beaucoup plus affûtée que l'extérieure. Imaginez une voiture ayant les deux pneus droits crevés : je suis complètement déséquilibrée et patine comme si je découvrais ce sport ! Pascal est atterré. Dans ces moments-là, on peut dire que nos rapports sont plutôt tendus. Mais Danielle intervient toujours pour calmer le jeu, nous rappelant la confiance que nous nous portons habituellement, répétant qu'il n'y a pas de problème sans solution.

C'est l'entraîneur artistique, Gilles Beyer, aujourd'hui directeur des équipes de France de patinage et danse sur glace, qui va me tirer de ce mauvais pas.

Muni de pierres, il travaille avec une extrême précision et il me semble, au jugé, qu'il a réussi la réparation. Mais je ne peux le vérifier : le tirage au sort étant connu, les entraînements officiels sont terminés. L'expérience se fera en direct, devant les juges et le public.

Avant d'entrer en piste, après avoir examiné et comparé mille fois mes lames, il ne me reste plus qu'à prier le ciel pour que tout se déroule bien. À la première note de musique, je suis comme un robot. Vais-je me ridiculiser ? J'ai l'impression de passer l'examen de ma vie devant une assemblée de profs impitoyables.

Et le miracle se produit. À peine élancée sur le beau miroir, je m'aperçois que mes lames sont parfaitement symétriques. Folle de bonheur, je glisse avec l'aisance d'un séraphin dans les bras d'un Pascal entièrement rassuré. Nous terminons huitièmes.

Et le 6 février, avec l'élite du sport sur glace, en route pour Albertville !

12

Quelques jours avant notre départ pour la Savoie, la flamme olympique fait escale à Dijon. Pascal et moi sommes conviés à un spectacle organisé à la patinoire – un honneur reçu de ma ville natale, fière que nous la représentions dans cette compétition suprême. Mais nous ne participons pas au show donné en cette occasion – une troupe de danseurs russes a été invitée –, car il est interdit à tout patineur français sélectionné pour les J.O. d'évoluer en exhibition – une mesure de précaution un mois avant Albertville.

Allumée le 13 décembre à Olympie, la flamme est arrivée le lendemain à Roissy-Charles-de-Gaulle. Elle sillonnera la France, portée sur 5 500 kilomètres par autant de jeunes relayeurs, recueillant une formidable adhésion populaire, jusqu'à son arrivée dans la station hivernale, le 8 février, pour la cérémonie d'ouverture. Dijon fait partie des cinquante-sept villes étapes.

Le 11 janvier, au centre de la patinoire de mes débuts, j'ai le magnifique privilège de porter la flamme quelques instants. Je passerais presque ma main au-dessus pour me convaincre que je ne rêve pas. Ce moment solennel me semble irréel dans un lieu si familier. Le public se tait, je n'entends que les battements de mon cœur, puis c'est l'ovation. Nous nous sentons investis d'une mission sacrée. Je n'espère pas un podium, mais une place dans les dix premiers mondiaux me comblerait. J'ai vingt-deux ans. Ce serait un splendide encouragement. Mais, comme disait Pierre de Coubertin en 1892, lors d'une conférence à la Sorbonne destinée à réhabiliter les jeux Olympiques : « L'essentiel est de participer. »

La veille de la cérémonie d'ouverture, les athlètes se posent une seule question à la cantine olympique d'Albertville : qui va embraser la vasque dont les feux illumineront le stade pendant la durée des Jeux ? Qui sera chargé d'allumer la flamme de l'amitié et de la fraternité ? Le secret est gardé jusqu'au dernier moment. Jean-Claude Killy, coprésident du comité d'organisation, se tait. Après Gérard d'Aboville, le rameur héroïque, circulent les noms de Florence Arthaud, la navigatrice, de Marielle Goitschel, de Yannick Noah, fort du succès de son équipe en coupe Davis.

Ce sera Michel Platini.

Dans un article publié par *le Figaro* le 11 février, Platini faisait cette éloquente déclaration : « Je dois dire que je préfère le ski alpin ou le hockey au patinage artistique. La danse, c'est beau, mais je ne comprends pas pourquoi les juges notent quatre, cinq ou six... »

Son arrivée dans le stade, tenant par la main un petit garçon de huit ans, sera une émouvante étincelle au milieu du spectacle féerique, signé Philippe Decouflé. Trente mille spectateurs y assistent, soit environ deux fois la population d'Albertville. À 17 heures, sous un magnifique ciel bleu, les cloches de Savoie ont invité ses habitants à assister aux Jeux, qui réunissent soixante-quatre pays.

Dans un décor magique de 10 000 m^2 environ, 3 000 danseurs, acrobates, musiciens, sportifs vont évoluer.

C'est une succession de costumes extravagants, un déroulement de numéros époustouflants, qui débutent avec une parade en rouge et blanc aux couleurs de la Savoie. Puis un ballet de voltige avec danseurs suspendus à des élastiques géants. On saute, on joue, on jaillit de partout. Quatre-vingts accordéonistes font irruption pour jouer une java. Une petite fille en costume savoyard, juchée sur une plate forme à sept mètres du sol, chante *la Marseillaise* a cappella tandis que s'élève le drapeau blanc aux cinq anneaux. La féerie s'achèvera avec le déploiement d'une simple banderole frappée en lettres rouges du mot : « Départ. » Un inoubliable spectacle de soixante minutes qui fait dire de cette cérémonie qu'elle est la première victoire française

Le serment olympique est prononcé par Surya Bonaly, paralysée par l'émotion. Puis un juge déclare avec solennité : « Au nom de tous les concurrents, je promets que nous prendrons part à ces jeux Olympiques en respectant et en suivant les règles qui les régissent, dans un esprit de sportivité, pour la gloire du sport et l'honneur de nos équipes. »

Les délégations entament le tour du stade. Habillés comme des cosmonautes, en tenues argentées, les représentants de l'équipe de France défilent en dernier. Quand nous apparaissons, la foule nous accueille avec une ferveur poignante. Dans le décor grandiose des montagnes, émerveillée, je prends enfin conscience de la réalité des Jeux.

À nous maintenant de faire le spectacle.

Comme pour toutes les compétitions, arrive le moment de tirer au sort l'ordre de passage des couples de danseurs. Ici, une anecdote cocasse me revient : je chausse du 36 et demi. Dans les stocks des costumes officiels de l'Équipe de France, il n'y a pas ma pointure. Je dois me contenter d'un bon 38 ! Pour ne pas flotter dans mes escarpins, je les bourre de coton. Mais je suis loin de me sentir à l'aise. Lorsque, avec Pascal, nous sommes appelés pour tirer notre numéro, ma démarche habituellement décidée manque d'assurance. Discrètement, je supplie mon partenaire de ne pas avancer à grandes enjambées, terrifiée à l'idée de trébucher ou de perdre un soulier.

Mon ange gardien m'a évité d'offrir l'image d'une caricature de Minnie !

Notre programme de danse libre de la saison est exécuté sur les musiques de deux films : *les Sorcières d'Eastwick* et *Beetlejuice*. Le premier, avec Jack Nicholson, raconte l'histoire de trois sorcières rêvant du compagnon idéal. Il se présente sous la forme d'un séduisant milliardaire, derrière lequel se cache le diable en personne. Dans le second, de jeunes mariés meurent subitement ; devenus fantômes, ils voient leur maison envahie par une riche et bruyante famille new-yorkaise. Ces deux films burlesques, fantastiques, m'ont enchantée – et ont inspiré une version à notre manière.

Pour cette danse, la confection de ma robe, d'un bleu électrique, a été source – fait rarissime – d'une mémorable prise de becs entre ma mère et moi.

Venue un dimanche à Mâlain pour des essais, le taureau refuse au lion (nos signes astrologiques) tous les styles proposés. Le ton monte : nous sommes à quelques jours de la compétition et, toutes les deux inquiètes, cédons à l'exaspération.

« Je préfère réfléchir toute seule ! » finit par me déclarer maman. La nuit lui a porté conseil : le lendemain matin, la robe était terminée, tombait impeccablement, une merveille. Nous nous sommes tendrement réconciliées. Ma mère est une fée et notre amour est trop fort pour se laisser égratigner par une histoire de chiffons !

C'est notre blues, une des deux danses imposées, qui nous vaudra, le 14 février, le plus de succès.

« Quelle belle représentation du couple pour célébrer cette Saint-Valentin », commente Jean Marquet à la télévision. Couple sans amour, en l'occurrence ! Les journalistes, le public, nos amis – même les plus intimes –, se sont toujours posé des questions – auxquelles nous avons donné la même réponse : « Nous sommes simplement des collègues de travail. »

L'élégante tenue noire que j'ai revêtue pour danser ce blues est une œuvre de ma mère. Sa fierté, ce sont les manches, confectionnées dans un petit plissé soleil. Un tissu rare, qu'elle a sauvé d'un carton qui partait à la poubelle, la patronne de son atelier de couture ayant considéré qu'il n'était pas nécessaire de le conserver. Elle préférait le jeter plutôt que le donner à une de ses employées ! Quel destin pour ce « vulgaire bout de chiffon » !

Seconde danse imposée : un paso doble. Habituellement, dans ce genre d'épreuve, on entendrait une mouche voler, le public se lassant de voir les mêmes figures exécutées par tous les concurrents. C'est une leçon bien apprise, il n'y a pas de surprise.

Pour nous, à Albertville, les spectateurs ont scandé la musique en frappant dans leurs mains ! Quand on entend 9 000 personnes vibrer de la sorte pour un couple qui n'est même pas le favori, on a du mal à redescendre de son nuage.

C'est à l'issue de la danse de création, une polka, que, pour la première fois, dans un contexte international, nous devançons Dominique et Frédéric.

Une danse mutine, faite pour nous, petits gabarits.

Ma mère désespérait de trouver le tissu de ma jupe, qu'elle voulait très souple, pas trop fin, coloré, un vrai casse-tête. Elle l'a finalement réalisée dans un foulard Christian Dior en laine et soie. 1 200 F... mais c'était parfait !

Le final de notre polka déclenche les fous rires des spectateurs : en reculant, Pascal et moi nous retrouvons dos à dos. Je croise les bras, donne un coup de reins qui l'envoie valser, lui jette un coup d'œil fanfaron alors qu'il s'étale de tout son long. Irrésistible !

Ce soir-là, l'humeur de Dominique est plutôt maussade. Dans la chambre que nous partageons, elle répète que notre place nous a été donnée à cause de ce trait d'humour, réduisant à la portion congrue la qualité de notre exhibition. Ça m'est égal. Je comprends son ressentiment, pour l'avoir déjà éprouvé. Nous savons toutes les deux quel prix il a fallu payer pour accéder à notre niveau. « Des corps martyrisés dans la joie », dit Danielle.

On a tous le droit d'être un peu mesquin. Il y a tellement plus grave : l'indifférence, l'injustice, la trahison de ceux qui nous jugent... Je préfère ne pas relever les perfidies de Dominique et me plonge dans mon bouquin, après m'être démaquillée en silence.

Le lendemain, même si la pilule n'est pas avalée, Dominique a retrouvé son sourire. Bientôt, d'ailleurs, son honneur sera sauf : nous terminons les Jeux à la neuvième place, juste derrière son couple.

Nous sommes heureux pour deux raisons : nous finissons comme nous le voulions dans les dix premiers mondiaux et c'est la première fois que les trois couples représentant la France se situent dans le « top 10 », les Duchesnay ayant obtenu la médaille d'argent.

Dans le village olympique, plusieurs salles équipées d'ordinateurs sont mises à la disposition des athlètes – un système d'e-mail à notre seul usage. Dans un complexe pareil, c'est la meilleure manière de se retrouver. Ce service a tellement de succès qu'il faut souvent faire la queue pour consulter un écran. Les nouveaux des J.O., comme nous, poussent la curiosité jusqu'à s'y rendre dix fois par jour ! De vrais gosses, à l'affût, parfois, de bonnes blagues.

Un soir, avec son complice le patineur Éric Millot, Pascal pianote mon code qu'il a discrètement repéré (il est inscrit sur nos cartes d'accréditation pour l'accès au village olympique). J'imagine les fous rires des deux larrons lorsqu'il écrit de ma part une lettre torride à un patineur étranger, connu pour préférer les garçons aux filles. Teneur de la missive : « Je pense à toi tous les jours, mon cœur bat pour toi... » Signé, Sophie Moniotte. Consultant le lendemain ma messagerie, je découvre la réponse de ce patineur : il a bien reçu mon courrier, il est embarrassé, etc. Je n'y comprends rien. Derrière moi, Pascal est plié en quatre. Quelle andouille ! Tout ce qu'il lui reste à faire maintenant est de révéler à ce garçon la supercherie afin que je puisse le croiser sans mourir de honte.

Plus tard, c'est avec Albert de Monaco que je communiquerai de cette manière. En tout bien tout honneur, bien sûr.

Le prince et moi avons été présentés à Albertville par un ami commun kinésithérapeute. Lors des jeux Olympiques de Lillehamer, après avoir terminé une compétition et donné une interview à la télévision canadienne, je consulte ma boîte aux lettres et trouve un message d'Albert. Je commence par engueuler Pascal, mais il semble vraiment tomber des nues. Je me tourne vers Danielle, tout aussi perplexe. Ensemble, nous lisons : « J'espère ne pas vous importuner. Bravo pour votre remarquable prestation d'hier, je souhaite avoir le plaisir de vous rencontrer. Albert Grimaldi. »

Si c'est une farce, c'est bien imité.

Je demande à Danielle quelle attitude adopter.

« Lui répondre, me dit-elle, le remercier et lui souhaiter bonne chance pour sa finale de bobsleigh. »

Arrive un autre message, toujours princier.

« J'aimerais vous rencontrer à la cérémonie de clôture... »

Il y avait tellement de monde que nous ne nous sommes jamais retrouvés !

Nous deviendrons amis à Nagano, étant cette fois logés dans le même village. J'ai appris à le connaître. Albert a beaucoup d'humour, il aime faire la fête. Nous avons passé ensemble des moments extraordinaires. L'image qu'il donne lorsqu'il est en représentation ne correspond pas du tout à sa simplicité, sa drôlerie, sa gaieté naturelle.

Les jeux Olympiques sont vraiment la compétition que je préfère. Ce n'est pas une question de prestige, mais d'ambiance. Pendant quinze jours, nous formons une famille. Chaleureuse, complice, cosmopolite.

Dans le train qui me ramène d'Albertville à Paris, je suis déjà triste. Mais nous nous quittons pour deux ans seulement puisque le comité olympique vient de décider d'alerner J.O. d'hiver et d'été. Je compte : il reste sept cent trente jours avant Lillehamer, en Norvège !

Et cette fois, encouragés par les résultats que nous obtiendrons entre-temps, notre but ne sera plus seulement de participer !

13

West Side Story. Elle est Maria, il est son frère, Bernardo. Leur danse est époustouflante d'originalité, de précision, d'audace, une sarabande fascinante.

Elle, c'est Isabelle Duchesnay. Le passage qu'elle préfère dans cette danse libre interprétée à Albertville, c'est le moment où, sans effort apparent, elle soulève Paul, qui a pris appui sur ses genoux. Elle a mis des semaines pour trouver l'astuce qui lui permet de faire décoller son robuste partenaire. Les Duchesnay n'ont jamais rien fait comme tout le monde. Champions du monde depuis Munich, l'an dernier, ils participent ce soir, 17 février 1992, à leur dernière compétition. Espérant la plus haute marche du podium olympique, avant de rejoindre le circuit professionnel.

D'origine québécoise, ils défendent les couleurs de la France depuis sept ans. Ce soir, ils veulent offrir une médaille d'or à leur pays d'adoption.

Lors du mondial de 1990, le public, debout, les a ovationnés. Ils n'ont obtenu que la deuxième place. « Entre dix mille personnes et neuf juges, qui croyez-vous ? » a lancé Isabelle, meurtrie, à quelques journalistes.

Ce soir, à Albertville, leurs plus sérieux rivaux sont les Russes Marina Klimova et Sergueï Ponomarenko.

Les Français entreront les derniers dans l'arène. Après le programme ensorcelant de leurs concurrents, un hymne à l'amour aérien sur une musique de Bach.

Devant dix mille personnes et douze millions de téléspectateurs, Paul et Isabelle jouent leur va-tout. Leur thème, la passion aussi, est plus tragique, plus rebelle. Ils incarnent un frère et une sœur sur fond de guerre des clans, Américains blancs contre immigrés portoricains. Un Roméo et Juliette des bas quartiers de New York. Dans le stade olympique, ils dansent violemment, prennent des risques, livrent leur dernier combat comme s'il était perdu d'avance. Dans les bras de Paul, Isabelle caresse la glace de sa longue chevelure noire. Puis elle se redresse. La lutte recommence, la course fiévreuse, la fuite.

Quatre minutes volcaniques, leurs dernières.

Quand la musique s'achève, brisée par l'émotion, Isabelle pose sa tête sur l'épaule de son frère. Ils restent ainsi quelques secondes, tendrement serrés. L'assemblée est bouleversée. Puis Paul s'incline, Isabelle se met à genoux devant un public auquel elle doit tout. Elle voulait offrir la médaille d'or à la France. Mais elle sait que les Russes l'ont déjà acquise. Plus tard, elle racontera : « On nous a imposé des choix de musique et des mouvements. Notre programme n'était pas un pur produit Duchesnay. Nous avons subi une pression énorme de la part des officiels. Je pourrais expliquer cela jusqu'à en “ devenir bleue ” que l'on ne comprendrait pas ! »

Le 14 mars 1992, Isabelle et Paul Duchesnay quittent officiellement le circuit amateur. Ils ne participeront pas aux championnats du monde d'Oakland, en Californie.

« Après la trace magnifique laissée par Paul et Isabelle Duchesnay dans l'histoire du patinage artistique, la nouvelle page qui s'ouvre à La Roche-sur-Yon est encore blanche. Sophie Moniotte et Pascal Lavanchy veulent entrer à leur tour dans la légende. » L'article de *Ouest France* du 13 novembre paraît le matin des championnats de France.

Depuis la fin des jeux Olympiques et le départ de Paul et Isabelle, notre carrière a pris un tournant décisif. Nous avons participé à notre premier championnat du monde, fin mars, à Oakland, près de San Francisco. Là, pour la première fois, nous sommes enfin passés devant nos camarades d'entraînement, Dominique et Frédéric. La sixième place pour nous, la septième pour ceux avec qui nous nous bagarrons depuis quatre ans. Mieux notés dès la première épreuve, cela nous a galvanisés.

Un mois plus tard, Dominique et Frédéric décident de quitter Danielle, puis, en mai, le circuit amateur. Plus âgés que nous, ils sont lucides. Avec une avance plus nette, ils auraient eu encore leurs chances. La danse sur glace est un sport à hiérarchie, une sorte de contrôle continu sanctionné par des examens, les compétitions. Au-delà de l'épreuve ponctuelle, c'est, en principe, la progression d'un couple d'une saison sur l'autre qui est jugée.

La succession des Duchesnay, le départ du couple Yvon-Palluel entraînent pour nous de nouvelles responsabilités. Jusqu'à présent, la France ne comptait pas sur notre couple pour remporter une médaille.

L'essai d'Oakland sera transformé à La Roche-sur-Yon : éternels seconds aux championnats de France, nous les gagnons enfin.

14

L'hiver, dans une patinoire, la température oscille entre – 3 °C et – 6 °C. Danielle et moi étant aussi frileuses l'une que l'autre, nous apprécions particulièrement l'été : la température de notre lieu de travail atteint 15 °C, même si, au petit matin, c'est encore une glacière.

Lorsque nous sommes en stage à Morzine, Pascal descend du chalet familial en moto pendant que je quitte à pied le studio que je loue, au pied du téléphérique du Pléney. Les sommets qui entourent la station commencent à peine à être ensoleillés. Je descends la rue commerçante, toujours sensible au charme des façades en bois et aux balcons ajourés, prêtant l'oreille au bruit de l'eau qui s'écoule dans les bassins. Puis je rejoins la rivière de la Dranse avant de bifurquer vers la patinoire.

Sur la glace, nous ne sommes pas les seuls à nous entraîner. Les accidents auxquels j'ai assisté me font frissonner. Nos lames aiguisées sont des armes redoutables. Après une maladresse de son partenaire, une patineuse a ainsi été blessée d'une longue estafilade au visage. Une autre, âgée de quinze ans, propulsée contre la balustrade dans un bruit de tonnerre, reste allongée sur la glace, sanglotant comme une petite fille.

La souffrance physique s'ajoute à la hantise de devoir interrompre entraînements et compétitions.

Un matin à 6 heures, pas tout à fait réveillée, je fais une chute magistrale. Effondrée, j'ai mal au cœur, la tête qui tourne. M'aidant à me relever, Danielle constate que la manche de mon pull est pleine de sang : je me suis ouvert le coude. Les points de suture attendront 9 heures, l'ouverture du cabinet médical !

Sauf lors des compétitions ou de certains stages, il n'y a pas de médecin présent à la patinoire.

Or c'est dangereux, la danse sur glace. J'en ferai beaucoup plus gravement l'expérience en 1995.

Sur le bord de la piste, Danielle, vêtue de son gros blouson, nous regarde évoluer.

Depuis le départ de Dominique et de Frédéric, elle est devenue une seconde maman, attentive, complice.

Pour moi, c'est très motivant. Mon but : ne pas la décevoir.

Gamine, elle aussi était un vrai garçon manqué. Moi, c'était le vélo, elle, le patin à roulettes ! Après s'être destinée à un professorat d'éducation physique, elle a opté pour le patinage. À dix-neuf ans déjà, elle donnait des cours de patinage artistique et à vingt-cinq ans, elle s'est découvert une passion pour la danse sur glace.

« J'ai l'impression d'être un sculpteur, dit-elle. J'ai dans la tête l'image d'une figure, d'un mouvement, et je la modèle sur un corps. Ce que j'aime dans cette discipline, c'est la conjugaison d'un sport, d'un art, d'une créativité. »

Hiver comme été, notre entraînement sur la glace est intensif : jusqu'à huit heures par jour. Mais la passion prévaut sur la douleur physique. Nous, les filles, souffrons souvent des lombaires à force de nous cambrer, les garçons, eux, se plaignent plutôt de leurs poignets et de leurs épaules endoloris. Et tout le monde a mal aux pieds.

C'est également une fatigue mentale énorme, car l'entraînement demande beaucoup de concentration. Il faut obtenir un mouvement net, un rythme. On y est presque, mais il faut recommencer. On insiste, on répète la même erreur, et puis ça y est, enfin, on le tient. Essayer, rater, reprendre depuis le début les mêmes sauts, les mêmes flexions : tant qu'elle n'est pas satisfaite, Danielle est infatigable. Souvent, elle vient sur la glace, se met à la place de Pascal ou à la mienne pour montrer ce qu'elle veut. Elle est d'une patience d'ange, mais aussi extrêmement têtue !

De mémoire de patineur, Mme Marotel n'a jamais raté un entraînement. Malade, avec une fièvre de cheval, elle est là. Avec un regard encore plus aigu, une exigence accrue. J'avoue que nous avons parfois pesté contre une telle conscience professionnelle !

À l'origine de notre union, Danielle nous a souvent expliqué que le plus important pour former un bon couple, c'est la complicité entre les deux partenaires. Même si les goûts et les caractères sont très différents. S'entendre ne suffit pas, il faut arriver à sentir ce que l'autre attend de vous et inversement, sans avoir besoin de se parler. Elle sait la difficulté d'être deux. À l'entraînement, on est toujours confronté aux erreurs de l'autre. Il faut accepter de recommencer quand son partenaire s'est trompé. L'entraîneur joue alors un rôle déterminant. C'est lui qui ouvre les yeux de ses élèves, leur rappelant leurs qualités mutuelles, donnant ainsi confiance au couple.

Contrairement à Pascal, j'ai toujours fait passer le feeling avant la technique. Quand je change un pas déjà réglé, il entre dans une rage folle. Danielle tempère : la rigueur est capitale mais on doit savoir aussi se laisser aller dans l'expression. Il ne faut pas museler un talent et trop de technique tue une personnalité. Or, sans tempérament, on ne fait que de bons patineurs, obéissants, scolaires, pas des champions.

Danielle dit souvent que son métier, c'est 70 % de psychologie. Elle a affaire à des jeunes, courageux et pleins d'espoir, avec toute la fougue et l'intransigeance que cela implique. Notre vie est austère, dure, mais nous avons notre âge, nos rêves, notre joie de vivre. En cas de découragement profond, elle sait nous écouter. Parce qu'elle comprend qu'à un certain degré de doute, on perd le sens des réalités. Comme quelqu'un pris de panique à la suite d'un choc, le cerveau n'est plus intelligent, plus capable de raisonnement logique. De plus, nous sommes deux, et l'un entraîne l'autre dans sa déprime. Dans ce cas, inlassablement, elle nous rappelle nos points positifs.

« Si vous abandonnez, je vais vous dire ce qui me fera mal. Et quel gâchis cela va entraîner... »

Lorsque notre entourage tient à peu près le même langage, peu à peu, le feu reprend.

En compétition, Danielle est tétanisée. C'est peut-être sa seule faiblesse. « On pourrait, dit-elle, me planter une aiguille dans le bras, elle ne rentrerait pas tant mes muscles sont durs. » Figée derrière la balustrade, elle finit malgré tout par danser sur place, avec nous. Quand l'épreuve est terminée et que nous rejoignons ensemble le *kiss and cry*, sa tension est tombée, elle a simplement beaucoup de courbatures !

Le début de l'élaboration d'un programme, c'est le choix de la musique. Le thème sur lequel nous allons créer notre danse libre. Nous le garderons un an, soit une saison de compétitions.

Tout le monde s'y met : entraîneur, chorégraphe, parents, frères et amis. Et on peut passer dix heures dans une journée à chercher. Nous avons même fini par nous faire des copains à la Fnac !

Le règlement de la danse sur glace complique encore notre sélection : pas de musique chantée (seuls les chœurs sont autorisés), pas de musique classique pure. Il faut un rythme. C'est ainsi qu'un superbe morceau de cornemuse ne conviendra pas, faute de tempo. À moins d'ajouter des arrangements. Et puis, la musique choisie doit plaire à tous : aux athlètes, à l'entraîneur, au chorégraphe et, autant que l'on puisse en présumer, aux juges. On frôle le casse-tête chinois !

Plus les années passent, plus on a d'intuition, mais plus on devient exigeant.

Quand l'oiseau rare est enfin déniché, on passe au montage afin d'enchaîner morceau rapide et morceau lent, après avoir déterminé le début et la chute.

Un bijou d'harmonie, en quatre minutes chrono !

Nous commençons souvent nos recherches fin mars, après la dernière compétition, avant la tournée de galas.

Mi-mai, le choix doit être arrêté. Première quinzaine de juin, on commence à « faire la carcasse », c'est-à-dire élaborer la trame du programme, déterminer à gros traits le dessin sur la glace, les pas, les figures. Et durant le stage d'été, en juillet, on se lance.

Jour après jour, notre bébé se forme, évolue, se transforme, commence à parler. Puis il s'agit de roder notre programme, de le peaufiner, le rendre le plus proche possible de la perfection. Près de six mois sont nécessaires, ce qui nous mène à la date des championnats d'Europe. Au fil de toutes les compétitions intermédiaires, il acquiert de la maturité et de la sûreté.

Un morceau qui me plaît est un morceau qui me donne la chair de poule dès la première écoute. En le découvrant, j'ai déjà l'émotion au fond de moi.

Cette recherche musicale m'a toujours passionnée, et permis d'apprendre beaucoup de choses dans les domaines de l'art et de l'histoire, de me cultiver en me régalant !

C'est Danielle qui a eu l'idée d'*Orfeu Negro*, la musique de notre saison 1992-1993. Un rythme de samba brésilienne. Dans le film de Marcel Camus, l'action se déroule à Rio de Janeiro pendant le carnaval. Un conducteur de tramway, Orphée, rencontre une jeune paysanne, Eurydice, poursuivie par un tueur ; il l'aime, mais elle ne peut échapper à la mort.

Palme d'or à Cannes en 1959, le long métrage alterne tempos trépidants et belle mélodie à la guitare. C'est déjà une adaptation du conte mythologique, nous allons y ajouter la nôtre !

Danielle imagine l'histoire que, sur la glace, nous allons raconter : pour symboliser l'amour impossible entre Orphée et Eurydice, nous allons nous éviter du regard durant les quatre minutes de notre programme

Par nos fuites et nos rapprochements, nous entraînerons public et juges dans l'intrigue.

Pour entrer dans la peau de mon personnage, je visionne la cassette du film, que Danielle connaît déjà par cœur, et me documente sur le récit mythologique. Eurydice, femme d'Orphée, meurt piquée par un serpent. Orphée descend aux enfers et obtient la permission de la ramener sur la terre à condition de ne pas se retourner pour la contempler avant qu'elle ne soit sortie du royaume d'Hadès. Mais il ne tient pas parole et Eurydice sombre dans les ténèbres.

Amour, confiance et tragédie.

La musique que nous avons choisie donne l'impression de se trouver dans une foule en plein carnaval. L'ambiance est donnée par les chœurs, et le rythme est particulièrement dansant, dans l'esprit de ce que recherche alors l'International Skating Union.

Le début de notre programme, rapide, évoque la fête, la joie ; la partie lente, le rapprochement impossible de deux personnes qui s'aiment ; la fin, à nouveau rapide, la perte de l'être cher dans la foule du carnaval.

Ce thème va marquer le début de notre reconnaissance dans le milieu du patinage international. Notamment grâce au Skate America. Cette compétion pourtant, à cause d'une aventure insensée, m'a donné des sueurs froides...

15

Contrairement à ce que croient de nombreuses personnes, nous ne disposons que d'une paire de patins, changée à chaque saison.

Nos compagnons indispensables deviennent dès lors nos joyaux, nous y tenons comme à la prunelle de nos yeux ! Quand nous prenons l'avion, pas question de les laisser filer dans la soute à bagages. Nous les gardons avec nous, même si les lames déclenchent les bips d'alarme comme autant d'armes dangereuses ! Il est vrai que ce sont nos munitions.

L'été, nous remplaçons nos bottines quand nous commençons à préparer le programme de la saison.

Et pendant quinze jours, c'est l'enfer.

Le cuir de nos patins neufs est dur comme du bois, on a horriblement mal aux pieds mais il faut bien les « casser ». Ensuite, domestiqués, ils épousent la forme de notre pied et deviennent de vrais chaussons.

Mais si on nous voyait évoluer sur la glace le lendemain de notre acquisition, on croirait à un tournage de *Vidéo-gag* ou de *Surprise sur prise.* Nous donnons l'impression de patiner avec des sabots, qui plus est en grimaçant de douleur !

Autant dire qu'une manière efficace de handicaper une danseuse avant une compétition est de subtiliser ses patins.

Avant ma mésaventure, cependant, je n'avais jamais pensé que c'était possible. Au vestiaire, nos casiers sont fermés à clé mais ce ne sont pas des coffres-forts. Un simple cadenas, et nous considérons que nos affaires sont protégées.

En octobre 1992, une semaine avant notre départ pour le Skate America, compétition au cours de laquelle nous allons présenter *Orfeu Negro* aux instances internationales, je m'aperçois que mon casier a été fracturé. Plus de patins ! Je ne pleure pas souvent, mais là, je suis anéantie. Quittant le vestiaire en larmes, je me dirige vers celui des hommes à la recherche de Pascal. Stupéfait, il est aussi catastrophé que moi. Nous fonçons voir Danielle. Panique générale. Elle téléphone au directeur de la patinoire, il nous rejoint atterré, certifie que cela n'est jamais arrivé. On fouille partout, jusque dans les toilettes au cas où il s'agirait d'une mauvaise blague : rien.

Je rentre chez moi complètement à l'envers, puis je me raisonne. On va trouver une solution. Il faut absolument que, dès demain matin, je puisse à nouveau m'entraîner.

De son côté, cette nuit-là, Danielle réfléchit.

Elle se souvient qu'il y a quelques mois, un de ses proches amis, ancien patineur devenu journaliste sportif, lui avait parlé d'une nouvelle marque de patins, spécialisée pour les femmes. À l'époque, ce monsieur, qui vit au Canada, avait demandé une empreinte de mon pied, et nous la lui avions envoyée.

Très vite, une paire de bottines à ma taille m'était expédiée. Je l'avais complètement oubliée. J'avais déjà les miennes, bien rodées. Souvent, des fabricants m'ont offert des patins, mais tenant à ma précieuse paire, je n'y prêtais pas grande attention.

J'avais rangé dans un coin de placard les bottines canadiennes. C'est Danielle qui m'en a rappelé l'existence.

Je me rends à la Maison du Patin pour acheter des lames, Pascal les ajuste, et me voilà au pied du mur, prête à souffrir le martyre, prête à m'entraîner doublement pour les « casser » plus vite. Mais je sais que c'est perdu d'avance. Nous allons être obligés de déclarer forfait, comme si l'un de nous deux avait été blessé. Montant sur la glace pour vérifier malgré tout l'ajustement des lames, bizarrement, je me sens beaucoup plus à l'aise que prévu.

Miracle ! Il me faudra seulement deux jours pour que mes nouveaux patins deviennent aussi confortables que ceux que l'on m'a dérobés. Depuis, j'ai adopté cette marque canadienne.

Forts de ces émotions, nous nous envolons pour Atlanta, pleins d'une nouvelle énergie.

Notre danse originale, une valse, suscite à la télévision un réjouissant commentaire de la part de Nelson Montfort, correspondant à Atlanta pour les épreuves du Skate America : « Sophie Moniotte et Pascal Lavanchy frôlent la première place. La confiance est revenue. »

Pascal et moi en sommes d'autant plus fiers que nous avons monté presque intégralement ce programme.

Malgré la qualité de notre exhibition, le challenge est difficile : en face de nous, un couple phare, troisièmes aux derniers jeux Olympiques, les Russes Ussova-Zulin. Mais grâce à notre valse, nous réussissons à jouer les trouble-fête dans cette première rencontre internationale importante de la saison.

Techniquement, notre danse est difficile.

Ainsi, pendant quinze secondes, j'exécute des figures sur un seul patin. C'est énorme ! Pascal tient mon autre jambe, j'effectue une rotation, passe à droite, à gauche, repars, m'enroule autour de lui. C'est épuisant. Au bout d'un moment l'acide lactique pompe littéralement les muscles, provoquant des crampes qui me tétanisent.

Ces figures héroïques sont réservées à la fin de notre programme, *Rose du Sud*, de Strauss. Pascal est en queue-de-pie noire, je porte une tenue rose vaporeuse, confectionnée par une couturière de Dijon spécialisée dans les robes de mariées.

À l'issue de cette épreuve, quelques juges ont le cran de nous classer avant les favoris. Même le juge arbitre est dans notre camp, reconnaissant la qualité de notre travail. Et, dans les vestiaires, quand nous rencontrons nos adversaires, nous sommes presque gênés. Nos palmarès sont sans commune mesure !

Depuis le vol des patins, la chance est décidément de notre côté : nous terminons deuxièmes, derrière les Russes.

Danielle nous tombe dans les bras !

18 novembre, Trophée Lalique à Bercy.

Je suis folle de bonheur de retrouver « notre public », dans cette salle magique où je me sens si petite.

Ici, il y a quelques semaines, s'est déroulé l'Open de tennis. Quand je pénètre dans l'enceinte de ce lieu mythique, mon émotion n'est pas liée à la compétition de danse sur glace qui se prépare mais à une remise de trophées, lors d'un match que j'ai suivi à la télévision. Il opposait Boris Becker à Guy Forget, une partie superbe, qui s'est terminée par la victoire de l'Allemand.

En qualité de perdant, Guy Forget a pris le micro le premier.

Un discours exemplaire : le joueur a commencé par remercier chaleureusement le public de son soutien, et il aurait pu en rester là. Souvent, un champion déçu ne peut s'empêcher de montrer une certaine amertume. Mais Forget a poursuivi, avec une gentillesse et une loyauté envers Becker vraiment magnifiques. Il a laissé parler son cœur, sans hypocrisie, il a porté aux nues son adversaire, soulignant son talent. J'ai frissonné tant ses paroles traduisaient un remarquable fair-play. À cet instant, il a représenté pour moi l'excellence du sportif. Il avait l'étoffe du vainqueur.

Me retrouvant à Bercy, j'ai éprouvé le besoin de lui offrir ce dont il avait tant rêvé, la victoire.

Et mon désir fut exaucé. Nous étions censés terminer dans les trois premiers, nous avons gagné.

Sur le podium, alors que retentit *la Marseillaise*, je pense à lui très fort, et dédie tout bas notre victoire à cet homme que je n'ai jamais rencontré.

Pour moi, l'échange avec le public ressemble à un match de tennis. S'il n'y a pas de répondant, il n'y a pas de match. Entre les spectateurs et nous, même si la communication est muette, on la ressent.

Et puis, il y a les signatures d'autographes, comme autant d'échanges complices. Plus encore lors des galas que des compétitions.

Le public japonais, après celui de mon pays, est mon favori – discret, présent, d'une merveilleuse fidélité.

Trois semaines après Bercy, le 10 décembre, nous filons à Tokyo pour le trophée NHK. C'est notre deuxième voyage au pays du Soleil Levant. Nous allons pourtant être accueillis comme des stars.

L'an dernier, nous étions arrivés sixièmes, cette année nous gagnons trois places. À la fin de notre exhibition, peluches et fleurs jonchent la glace. Cet enthousiasme n'a d'égal que la qualité de l'organisation. Durant tout notre séjour, un chaperon nous accompagne, pour être sûr que l'on ne manque de rien.

Fin 1992, les Japonais préparent déjà les jeux Olympiques de 1998 qu'ils accueilleront à Nagano. Sous nos yeux, avec six ans d'avance, les structures se construisent. Ce seront les derniers Jeux du siècle et le pays souhaite que cette manifestation reste gravée dans les mémoires comme la plus prestigieuse avant le nouveau millénaire. Pour nous aussi, qui sait ?

Au Japon, que j'adore, Nagano serait une formidable consécration de notre carrière...

Mais pensons d'abord à Lillehamer, dans moins de deux ans maintenant.

16

Jamais nous n'avons autant ri qu'en répétant « Ginger et Fred », thème de notre programme libre pour la saison 1993-1994, dont le point d'orgue sera Lillehamer.

Pascal a toujours rêvé de faire des claquettes sur la glace ! Fan des films de Fred Astaire, il collectionne les K 7 des compagnies musicales des années 30 et m'en a prêté quelques-unes : j'ai été convaincue.

Pour que le programme soit réussi, il faut donner l'impression que nous dansons sur du parquet : les patins étant dotés de piques à l'avant, la réalisation de notre vœu s'avère délicate.

Les répétitions sont inénarrables ! Défiant les lois de l'équilibre, nous tricotons avec nos pieds, l'un pique de la pointe, chute, l'autre part en arrière, un vrai dessin animé ! Mais Danielle n'est pas inquiète : son intuition lui dit que quelque chose d'important est en train de se dessiner. Elle prend même la peine de filmer notre œuvre. À 16 heures, quand passe la surfaceuse, nous prenons un thé en regardant les *roughs.* Dans les rôles de Ginger et de Fred : Charlot et Charlot ! Le film nous fait tous tordre de rire, et on se remet au travail, poussés par je ne sais quel vent de folie.

Puisque nous avons décidé de prendre tous les risques, au diable la sagesse, c'est le moment d'innover dans les costumes ! Je ne veux ni frous frous, ni jupette de majorette. Cette année, nous serons les ambassadeurs de l'élégance française. Je choisis une robe noire, très près du corps mais évasée dans le bas pour qu'elle vole quand je tourne. Sobre, ondoyante, elle m'arrive à mi-mollets. Une longueur inédite en danse sur glace ! Je complète ma tenue par des gants noirs qui m'arrivent au-dessus du coude. C'est Isabelle, une amie couturière, qui a réalisé ce petit chef-d'œuvre. Avec son mari, elle suit des cours de *ballroom dancing* et confectionne ses propres robes. Avec Pascal en queue-de-pie, l'ensemble a une classe fantastique !

Sur la glace de la patinoire de Morzine, à force de travailler nos pas au millimètre, nous finissons par acquérir une certaine aisance. Peu à peu, nous parvenons à nos fins.

Ce programme va être pour nous un véritable tremplin.

« Couple atypique dans un milieu conformiste, Moniotte et Lavanchy n'ont jamais baissé les bras », dit-on dans la presse.

« Sophie Moniotte et Pascal Lavanchy sont aujourd'hui les meilleurs techniciens du monde », dit-on à la télévision.

En l'espace d'un mois, nous avons remporté trois compétitions majeures.

Dès notre première représentation, au Skate America à Dallas, les noms mythiques de Ginger et Fred nous sont attribués.

Quinze jours plus tard, nous faisons date dans l'histoire du grand prix du Canada : à ce jour, nous sommes les seuls Français à avoir gagné ce trophée.

Et le 14 novembre, nous renouvelons notre titre de champions de France. Avec le premier 6,0 de notre carrière ! La note suprême, la perfection. Sans bouder mon plaisir, je ne peux m'empêcher de penser que, dans un programme, il y a toujours quelque chose à parfaire. Mais je le prends, ce 6,0, avec une fierté difficile à cacher !

Cette année-là, j'ai passé les meilleures fêtes de fin d'année de ma vie.

Les championnats d'Europe de Copenhague, fin janvier 1994, sont moins glorieux. Chutes, nombreux déséquilibres, nous terminons cinquièmes. Notre programme est tellement sensible qu'il faut se trouver en état de grâce pour le réussir. Nous avons malgré tout gagné trois places sur nos résultats de l'an passé.

En rentrant à Paris, je reçois un appel d'une journaliste de l'hebdomadaire *VSD*. Elle prépare un sujet sur les patineurs représentant la France aux jeux Olympiques de Lillehamer et souhaite notre photo. Pourquoi pas ? Nous n'en sommes pas à nos premières interviews ni séances de pose.

« Une photo en noir et blanc », précise-t-elle.

Bonne idée, c'est tellement plus beau, finalement.

« Une photo un peu spéciale », insiste-t-elle.

Et de m'expliquer, à ma grande stupéfaction, que l'idée de son journal est de nous faire poser nus !

« Une prise de vue artistique, réalisée par le cèlèbre photographe Jean-Loup Sieff. Il n'y aura aucune vulgarité. Seulement une esthétique, une émotion... »

Sieff est une star, d'accord. Mais je me permets de réserver ma réponse, sans lui laisser beaucoup d'espoir.

J'appelle aussitôt Pascal et Danielle : ils sont aussi éberlués que moi. Je suis chargée de donner notre réponse à *VSD* : c'est non.

« Mais la plupart de vos confrères ont déjà accepté ! »

Je recommence mon tour de table. La position n'a pas changé : nous sommes un couple et, outre notre pudeur, nous dévoiler serait un peu déplacé et risquerait de choquer.

Cette fois, c'est Danielle qui contacte le magazine.

Devant son refus, la journaliste se montre compréhensive. Elle demande simplement à nous rencontrer. Sa gentillesse et ses arguments aidant – les clichés seront décents –, on finit par transiger : photo du buste seulement, et un droit de regard avant parution.

En montant l'escalier sombre qui conduit au studio, encadrée par Danielle et Pascal, je regrette déjà notre décision. Mais en découvrant le vaste studio clair, l'accueil d'un Jean-Loup Sieff charmant et plein de délicatesse, me voilà réconfortée. La prise de vue s'effectue dans une ambiance décontractée, presque familiale.

Quelques jours plus tard, les tirages nous sont soumis : c'est un portrait artistique, effectivement, sans ambiguïté. Mais nous n'avions pas prévu de paraître en couverture de *VSD*. Un juge français non plus : se rendant à son bureau à vélo, passant devant un kiosque et nous reconnaissant sur les affichettes de promotion, il est rentré tout droit dans la voiture qui le précédait.

Une photo percutante !

Les clichés se suivent et ne se ressemblent pas : juste après les jeux Olympiques de Lillehamer, nous aurons droit à un reportage sur la glace d'une patinoire aménagée au jardin des Tuileries. *Madame Figaro* m'a prêté une robe Chanel ravissante... que Claudia Schiffer a portée avant moi ! L'article commence par une réflexion d'Isabelle Duchesnay, recueillie il y a trois ans au cours d'un entraînement : « Ce couple-là est formidable, il fera parler de lui dans l'avenir. »

« Certes, gravir les échelons de la hiérarchie dans cette discipline est long et fastidieux, conclut le journaliste. Mais nul doute que les traces de Sophie Moniotte et Pascal Lavanchy ne finiront un beau jour sur les marches d'un podium mondial. »

17

Pas de chance! Pour la première fois, aux jeux Olympiques de Lillehamer, les patineurs professionnels sont autorisés à se confronter aux amateurs. Ainsi, Jayne Torvill et Christopher Dean, trente-six et trente-cinq ans, champions olympiques à Sarajevo en 1984, figurent parmi nos concurrents. Pour les avoir rencontrés à plusieurs reprises, je les apprécie beaucoup. Mais vu leur niveau, ce sera fatalement une place de perdue pour nous dans le classement. Bien que soumis aux restrictions du règlement, alors qu'ils sont habitués depuis longtemps à la liberté du circuit professionnel, nos amis obtiendront la médaille de bronze.

Je me souviendrai toujours de la cérémonie d'ouverture des J.O. de Lillehamer.

Il fait – 25 °C et nous défilons très lentement en direction du stade. Si les bottines réglementaires sont cette fois à ma taille, elles sont loin d'être assez chaudes, par ce froid polaire. J'ai l'impresssion de ne plus avoir de pieds – handicap dangereux pour une patineuse ! – et surtout je crains de tomber malade.

Des hockeyeurs aux skieurs, l'équipe de France est congelée et nos grands gaillards paraissent tout rétrécis ! Nous n'attendons qu'une chose, remonter dans les bus.

Nous sommes logés dans des sortes d'Algéco, suffisamment chauffés mais bruyants. Les murs ont l'épaisseur d'une feuille de papier et l'on entend tout ce qui se passe chez les voisins ! Un vrai camp de boy scouts, rocambolesque à souhait. C'est le sort – pas triste – réservé aux patineurs dont le site de compétition, Hamar, se trouve à une soixantaine de kilomètres du village olympique, où résident les autres athlètes.

Un matin, Pascal et moi avons rendez-vous à Lillehamer pour une interview. Nous embarquons dans un minibus conduit par un jeune militaire, Pascal s'installe à l'avant. Très vite, on se sent un peu mal à l'aise : le véhicule a une fâcheuse tendance à tanguer d'un bord de la route à l'autre. Pascal observe notre chauffeur : il est tout bonnement en train de s'assoupir.

« Arrêtez-vous, je vais prendre le volant », propose gentiment Pascal en anglais.

Pas question. Le jeune appelé, craignant les remontrances de ses supérieurs, tient à remplir sa mission jusqu'au bout. Après un échange de propos, polis au début puis assez vifs, nous aurons gain de cause. Il nous apprend la raison de sa dangereuse conduite : il n'a pas dormi depuis vingt-quatre heures, peut-être plus !

Un autre jour, en nous rendant à l'entraînement, sur une piste annexe à la patinoire olympique, nous tombons sur une véritable fourmilière de photographes, de journalistes et de cameramen. Quelle star mérite un tel déplacement ? Elles sont deux : Tonya Harding et Nancy Kerrigan. Il y a deux mois aux États-Unis, la première a été accusée de vouloir éliminer physiquement la seconde. Alors que les deux rivales s'entraînaient pour la sélection de l'équipe américaine de patinage artistique, un inconnu s'est précipité sur Nancy et l'a frappée au genou avec une barre métallique. Peu après, un complice a été arrêté et a dénoncé l'ex-mari de Tonya Harding : la patineuse, classée quatrième derrière sa concurrente au Japon, s'est plainte d'avoir été défavorisée par les juges ; elle a avoué connaître l'auteur de l'agression mais certifié qu'elle n'y avait pas participé.

Pendant que Hollywood prépare un film, les rivales s'entraînent en s'ignorant superbement. Tout près, leurs gardes du corps veillent.

Les jeux Olympiques se déroulant en Europe, mes parents sont venus assister aux compétitions. Nous nous voyons peu, mais le simple fait de les savoir tout près ajoute à mon plaisir de danser. Dans les tribunes, malgré la confiance qu'ils portent à leur fille, ils ont un trac fou. Plus que moi qui connais l'état de la « machine ». Je suis au top de ma forme et, contrairement aux championnats d'Europe, notre programme libre est parfaitement réussi. C'est même le meilleur de la saison. Nous terminons l'ensemble des épreuves avec une cinquième place, score tout à fait honorable.

Une fois notre mission accomplie, une jeune danseuse et moi obtenons la permission de loger au village olympique. Il reste encore quelques jours avant la fin des Jeux, à nous la belle vie ! Courant d'un site à l'autre, d'une compétition à l'autre, je me transforme, à ma grande joie, en supporter. Bravo à Edgar Grospiron, virtuose de ski acrobatique ! Direction maintenant l'impressionnante patinoire, construite dans la roche, pour le match de hockey sur glace. Défendant les couleurs de l'équipe de France face à celle des États-Unis, je ne suis pas la dernière à me manifester ! Avec les supporters américains, patineurs eux aussi, le match se joue également dans les tribunes. Concours au camp le plus déjanté ! Dès qu'une attaque se profile, qu'un but est marqué, c'est à qui hurlera le plus. Malgré nos encouragements, l'équipe américaine domine, nous avons perdu. Mais quelle belle soirée !

Le lendemain, sortie en bande à Lillehamer. Les athlètes libres de toute obligation sportive s'engouffrent dans les navettes, une folle nuit norvégienne se prépare.

C'est formidable de voir toutes ces nations réunies, cette camaraderie spontanée malgré, toujours plus ou moins, la barrière des langues. Partager des bières, rire de tout, savoir que nous sommes tous soumis à des entraînements draconiens, nous comprendre d'un regard.

Au petit matin, il est temps de penser à regagner nos logis. Un van nous a patiemment attendus. Il est si chargé qu'il peine en montant vers le village olympique. Occupés à nos bêtises, personne ne s'aperçoit que le véhicule est tellement bondé que la porte arrière s'est ouverte. Serrés comme des sardines, on se tient chaud ! Mais nous avons perdu un passager...

Une heure plus tard, alors que nous anticipons le petit déjeuner dans la cafétéria, une sorte de glaçon humain apparaît. Il claque des dents, on dirait Michel Blanc dans *Les bronzés font du ski*. Le malheureux, pétrifié par le froid, rigole beaucoup moins que nous. La douce température aidant, il a fini par se dérider !

Dans ce pays où l'on sculpte la glace pour en faire des statues, Lillehamer m'a donné les souvenirs les plus chaleureux de ma carrière.

18

« Les juges, c'est une mafia. Je ne le cacherai pas, c'est reconnu. » [1] C'est Isabelle Duchesnay qui parle. Et c'est un juge qui va le confirmer.

À son retour de Lillehamer, mon père a une conversation téléphonique avec un juge français que nous estimons beaucoup pour son intégrité, Éric Cousté. Il annonce qu'il abandonne ses fonctions. Pascal et moi sommes en tournée au Japon, mes parents me préviennent de sa décision par téléphone. Ce départ inattendu me plonge dans une grande perplexité. Nous connaissons l'existence des tractations souterraines mais, à ma connaissance en tout cas, c'est la première fois qu'une telle attitude les dénonce ouvertement.

Brun, pas très grand, l'œil noir et vif, la mise impeccable, Éric Cousté ressemble à un homme d'affaires pressé. Dans la vie, il est architecte, associé

1. *Le Parisien*, 21 janvier 1997.

d'un important cabinet, concepteur de programmes en France et à l'étranger. Pour lui, le patinage est une passion. Il sera juge international de danse sur glace pendant vingt ans.

Étudiant, Éric a lui-même participé à des compétitions, comme le Skate Canada ou le championnats d'Europe en février 1973. « J'étais un sportif très moyen, dit-il, toujours situé dans la seconde moitié du classement. Mais j'ai aimé me produire en public. »

Il s'entraînait à Paris, à la patinoire Molitor, à celle de Boulogne, et à Londres, le plus souvent possible. Il a cessé cette activité l'année où il a passé son diplôme d'architecture. « Après avoir été jugé, j'ai eu envie de passer de l'autre côté. »

Très vite, il est appelé à l'étranger. Plus que le patinage artistique, la danse sur glace le fascine. « Même si le spectacle est techniquement mauvais, on trouve toujours quelque chose à retenir ! » Il explique cet attrait par sa formation aux Beaux Arts. Ayant suivi des cours de nu, cherchant les secrets de la plastique dans les corps qu'il tente de restituer, il retrouve, dans l'évolution des couples et dans leurs mouvements, des lignes qui évoquent pour lui le dessin d'art. Et puis le rythme le séduit, l'harmonie des figures sur la musique. « La première chose que l'on juge chez un couple, c'est l'accord de sa danse avec la musique. »

Qui sont les juges ?

Des amateurs, comme lui. Certains sont d'anciens champions et leur comportement de star l'agace un peu. Il y a aussi des gens qui n'ont jamais chaussé un patin de leur vie.

Et les fameuses alliances ?

« Quand on se retrouve chargé de mission pour juger une compétition, on doit se résoudre à la triste loi des arrangements. Et le plaisir disparaît. Un pré-classement est souvent établi, nous avons des objectifs à remplir. Quand j'arrive sur le site d'une compétition, je suis détendu. J'ai quitté le bureau, la danse sur glace est ma récréation. Mais je me trouve plongé dans une atmosphère très tendue. La salle des juges, par exemple, où personne d'autre que nous n'a le droit d'entrer, pourrait être sympathique : il y a des sandwichs, des boissons, une machine à café... L'ambiance est pire que dans les vestiaires ! Ce sont surtout les juges-arbitres qui pèsent sur les compétitions, sur les aménagements des résultats. Ils sont fautifs. Alors que ce sont eux qui nous délivrent la déontologie : neutralité, discrétion, intégrité. Ce sont eux qui nous rappellent la manière de fixer les notes : on part de 6,0 et on déduit. Une chute est non seulement une faute en soi, mais elle peut affecter le reste du programme. Et puis il y a des interdits : les portés trop hauts, les séquences sur deux pieds trop longues, des pas trop simples, des costumes trop excentriques. »

Éric s'est trouvé très seul face aux pressions des autres juges, des fédérations, des entraîneurs. Il regrette certaines conversations entendues :

« Qu'est-ce que vous pensez de mon couple ? demande un juge. Vous avez remarqué telle figure, inouïe, non ? Qu'est-ce que vous espérez du vôtre ? »

« En principe, tout se passe en finesse, ce n'est jamais très clair, dit Éric. Mais j'ai assisté à des accords précis. Nous devons malgré tout justifier nos notes à la fin de la compétition quand elles semblent curieuses. Cette précaution est à double tranchant : si votre classement ne correspond pas à celui de la majorité, il faut l'expliquer. On empêche dès lors toute spontanéité. »

Éric Cousté estime que « Lillehamer fut un sommet dans les ententes. Je n'éprouvais aucun plaisir. J'ai décidé que c'était fini ».

Dans sa carrière, il lui est arrivé de voir des juges pleurer tant ils étaient consternés de ne pas être libres. Malheureux d'avoir été contraints de s'en tenir aux arrangements décidés.

Il a vécu aussi des moments inoubliables. Un 6,0 qu'il offrit aux Duchesnay pour une samba éblouissante.

Le seul cadeau qu'Éric Cousté ait jamais reçu, c'était à Lillehamer : l'entraîneur des champions russes, Gritchuck-Platov, lui a offert un jeu d'échecs !

Et puis le juge s'en est retourné à ses maquettes. La danse sur glace, maintenant, il la verra à la télévision.

19

Télévision et patinage forment un couple gagnant.

« Voilà un sport qui rassemble toutes les qualités requises : télégénique et imprévisible, il réconcilie les familles et réussit de mieux en mieux aux couleurs françaises », écrit en 1995 le journaliste Éric Maitrot dans son livre *Sport et Télé, les liaisons secrètes.*

« Quatrième à Lillehammer, Surya Bonaly est encore une jeune championne, Philippe Candeloro, médaillé de bronze, a tout pour devenir une star et les vice-champions olympiques de danse sur glace d'Albertville, Isabelle et Paul Duchesnay, sont déjà remplacés par Sophie Moniotte et Pascal Lavanchy, cinquièmes en Norvège. [...] Le 25 février 1994 à 22 h 31, à peine l'inspecteur Columbo avait-il sur TF1 claqué une dernière fois la portière cabossée de sa vieille 403 que près de vingt millions de téléspectateurs se retrouvaient sur A2 pour assister aux figures libres des dames des championnats du monde. »

Lors des championnats du monde de mars 1994, à Chiba au Japon, quand les claquettes de Ginger et Fred sont redevenues patins, en nous inclinant devant le public, nous savons que nous avons réussi.

Pascal et moi nous jetons dans les bras l'un de l'autre, nous tenons enlacés quelques instants pour savourer notre plaisir. Le public le sait, nous sommes dans notre bulle, et il apprécie cette attitude spontanée, ce moment intime de deux danseurs seuls au monde devant des milliers de personnes. J'ai souvent entendu des gens nous dire : « Vous étiez mignons, c'était émouvant. »

Puis nous nous dirigeons au centre de la piste, saluons les juges et le public. D'un geste, sous les applaudissements, j'offre mon cœur.

Dans les tribunes, quelques visages ne nous sont pas inconnus. Nos regards se croisent, et disent la force des liens qui nous ont uni pendant quelques minutes de spectacle.

Dans la patinoire de Chiba, c'est l'ovation. Fleurs, peluches, petits mots dégringolent des tribunes.

Les femmes japonaises, surtout, sont touchantes. Elles ne font pas de bruit mais, quand le spectacle est fini, elles se rapprochent des balustrades, attendent notre passage les bras chargés de fleurs pour nous les offrir.

Au soir de notre dernière épreuve du mondial, nous sommes bien placés pour obtenir un podium. La concurrence est pourtant sévère : les tout frais champions olympiques de Lillehamer, les Russes Gritchuk-Platov, et les Finlandais Rakkamo-Kokko, classés juste devant nous en Norvège.

À l'issue des deux danses imposées et de la danse originale, nous avons accédé à la deuxième place, après les Russes, devant les Finlandais.

Pour le programme libre, le tirage au sort a voulu que nous passions les derniers. Les Russes viennent d'exécuter un rock endiablé. Malheureusement, une chute vient légèrement ternir leur magnifique prestation.

Avant d'entrer sur la piste, nous sentons une pression terrible. Nous sommes les « médaillables » de la France.

Une demi-heure d'attente, une éternité. Je m'assois, me lève, me déchausse. Je ne mettrai mes patins que six à sept minutes avant notre exhibition. Je fais quelques pas sur le sol afin de rafraîchir mes pieds en véritable ébullition. J'ai l'habitude, c'est l'effet du trac : je transpire excessivement et crains toujours de garder les mains moites, ce qui rendrait dangereux certains passages acrobatiques. Ce soir, j'ai peur. Pourtant, je sais que, dès l'annonce de nos noms, toutes ces gênes vont s'envoler, comme par enchantement.

Juste avant de nous élancer, dernière étreinte avec Danielle et Natacha. Leurs regards sont remplis d'énergie et de confiance.

Et puis le miracle s'accomplit. Un programme parfait, que nous savourons absolument, sans modération. Je n'ai jamais été aussi heureuse de danser. Au fil des quatre minutes, notre plaisir va croissant.

Ces instants resteront à jamais gravés au fond de mon cœur.

Dans le *kiss and cry*, Danielle et Natacha sont bouleversées. Les notes défilent, variant entre 5,7 et 5,8 pour la technique, 5,8 et 5,9 pour l'artistique. Sur neuf juges, deux nous placent en première place, le Bulgare et le Slovaque.

Sur la deuxième marche du podium, nous recevons la médaille qui récompense tant d'efforts, chasse tant de doutes. Je pense à ma famille, j'aurais tellement aimé fêter la victoire avec les miens. Je sais qu'ils ont suivi les championnats à la télévision, j'ai hâte de leur téléphoner...

Il est 3 heures du matin quand j'entends quelqu'un frapper à la porte de ma chambre d'hôtel. Je suis à Séoul, à l'occasion d'une tournée de galas organisée par le Japon, pays d'accueil des championnats du monde. Tradition oblige, cette tournée réunit les cinq meilleurs patineurs de leur catégorie. Philippe Candeloro est déjà reparti, restent Surya Bonaly, Éric Millot, Pascal et moi.

3 heures du matin. Qui peut bien déranger mon précieux sommeil ? Je suis épuisée : de ville en ville, en bus, train, avion, nous trimbalons valises et cartons remplis des présents offerts par les fans.

« Sophie, ouvre, c'est Éric ! Le président de la fédération est au téléphone, il veut nous parler. »

Légèrement embrumée, j'avoue lui avoir fait répéter plusieurs fois ses propos. Je finis par m'extraire de mon lit douillet, suis Éric dans sa chambre en pestant contre le décalage horaire, et prends l'appareil. Le président, lui, est bien réveillé.

« Débrouillez-vous comme vous voulez, il faut absolument que vous soyez demain à Paris. Le président Mitterrand organise une réception à l'Élysée pour féliciter les athlètes de Lillehamer. »

Nos résultats de patinage placent la France en deuxième position mondiale après la Russie. Il n'empêche...

« Pardon ? Nous n'allons tout de même pas faire un Séoul-Paris pour les beaux yeux de...

– Débrouillez-vous ! coupe-t-il avec autorité. Soyez là ! Sinon, vous êtes virés de la fédération ! »

Et il raccroche.

Quel tact !

Je me tourne vers Éric, Pascal, Surya et sa mère, alertés eux aussi. Éric est catégorique, il refuse. Nous sommes prêts à nous ranger à sa décision.

« Faites attention, dit la mère de Surya. Il est capable de mettre sa menace à exécution...

– Mais comment expliquer à l'organisateur de la tournée japonaise que nous allons lui faire faux bond ? dit l'un. Il reste deux galas à Pékin, et le gala d'adieu à Tokyo.

– Il suffit de faire l'aller-retour, et nous reviendrons à temps pour Pékin.

Décidément, elle a réponse à tout.

Le lendemain, je rappelle le président de la fédération. Il est midi à Séoul, 3 heures du matin à Paris...

D'assez mauvaise grâce, je lui annonce que nous arrivons. Mais sans Éric, resté intransigeant. Après tout, il est arrivé sixième aux J.O. et remplace un patineur qui s'est désisté pour la tournée.

En échange, on confie à notre « Ricounet » la mission de transbahuter nos valises de Séoul à Pékin. Il ne sait pas encore que, dans notre hâte, nous oublierons de lui en donner les clés et qu'il aura l'air malin, à l'aéroport de Pékin, quand les Chinois lui demanderont d'ouvrir les bagages ! Comme toujours, il se sera débrouillé.

Après avoir préparé quelques affaires, nous nous retrouvons dans le hall de l'hôtel et rejoignons une navette qui nous conduit à l'aéroport. Jusque-là, tout va bien. Mais ce doit être un jour férié en Corée et, au milieu d'embouteillages monstres, nous progressons centimètre par centimètre. « C'est sûr, on va louper l'avion », marmonne-t-on chacun à notre tour.

Effectivement, il décolle pratiquement sous notre nez.

Surya est désespérée : « On va se faire virer ! »

Le président, que nous rappelons de l'aéroport, ne croit pas manifestement à notre malchance. Il ne veut rien entendre.

« Tout va bien, Surya ! On va se débrouiller ! »

Il suffit de prendre un vol Séoul-San Francisco, trois heures d'attente, puis San Francisco-Paris.

Arrivés à Paris, la grève des bagagistes nous fait encore perdre une heure. Au point où on en est...

Chacun finit par sauter dans un taxi, je me précipite chez moi pour me changer (je suis en jogging), demande au chauffeur de m'attendre en bas, me prépare en quelques minutes et souffle enfin un peu en me dirigeant vers l'Élysée, où je retrouve les autres.

Au palais, tout paraît bien calme... « Où est le président ? » Envolé ! À dix minutes près, nous arrivons après la bataille.

Mais il reste un peu de jus d'orange !

Arrivée à Pékin, par Zurich, j'ai les chevilles tellement enflées par la pressurisation – vingt-quatre heures d'avion en vingt-huit heures – que je peux à peine enfiler mes patins.

Le spectacle débute dans une heure. Un programme très acrobatique, sur la musique de Nessum Dorma.

Ce soir-là, nous avons patiné comme des chèvres !

Mais la joie des organisateurs nous voyant revenir nous a consolés de nos misères. Ils n'y croyaient pas et nous ont fait un accueil digne d'un président de la Républiquc, nous applaudissant à tout rompre – eux habituellement si discrets –, dès notre entrée dans la patinoire !

En gala, tout est libre : le choix des costumes et des figures, la durée du programme, la musique. Et nous ne nous privons pas de quelques fantaisies, audacieuses de préférence.

Nessum Dorma, chanté par Pavarotti, est un petit bijou que nous avons exécuté de nombreuses années. Notre final, c'est *Titanic*! Pascal me monte sur son épaule, me porte en « proue de bateau » puis me laisse glisser, et je termine allongée sur la glace.

J'adore les galas. Après avoir obtenu notre titre de vice-champions du monde, nous apparaissons, telles des guest-stars, à la fin des deux parties du spectacle de Holiday on Ice : première exhibition, notre programme libre de compétition, en seconde, notre création.

Gilles Beyer, alors directeur artistique des équipes de France de patinage, joue Monsieur Loyal. De belle prestance, aussi dynamique et chaleureux qu'un chef de colo, Gilles est un animateur-né. En smoking, il présente au public les patineurs de l'équipe de France, résume le palmarès de chacun, révèle nos particularités.

Pour nous, il fait cesser la musique et demande le silence dans les tribunes pendant quelques instants.

« Nous allons maintenant écouter la glisse extraordinaire de Sophie et Pascal. Chhhhut ! »

Le bruit de nos lames sur la glace est imperceptible. On n'entend pratiquement rien sinon le vent dans les volants de mon costume.

Cela fait toujours beaucoup d'effet !

Loin des juges, libérés de la pression des compétitions, nous avons parfois profité des galas pour nous livrer à quelques facéties ! J'avoue que je n'étais pas la dernière à me défouler sur mes petits camarades. Ainsi, les accessoires étant autorisés, nous avons par exemple rempli une valise d'objets lourds. Censée être vide lorsque le patineur, l'air dégagé, s'en saisit, vous imaginez sa consternation quand il se rend compte qu'il peut à peine la soulever ! Ou lorsqu'il découvre que le chapeau qu'il pose sur sa tête est rempli de tranches de jambon !

Lors du dernier gala d'une tournée, en entrant sur la piste, je repère quelques patineurs derrière la balustrade, munis d'inquiétantes bouteilles d'eau. J'ai compris le message et en fais part à Pascal. L'ennemi connaît par cœur notre programme, qu'à cela ne tienne, nous changeons nos directions pour ne jamais nous retrouver où ils nous attendent. Et les souris ont gagné contre les chats ! Ils se réjouissaient d'avance de nous voir patiner trempés comme des soupes, leur dépit nous a mis en joie !

Lors d'un spectacle donné à Tours, le gag dont nous avons été victimes n'était pas prévu.

Nous dansons sur la musique de *Qui veut la peau de Roger Rabbit ?* et, comme Jessica dans le film, je porte une longue robe rouge, fendue jusqu'à la taille, épaules nues. Mais j'arrive sur la glace camouflée dans un imperméable d'homme et coiffée d'un chapeau haut de forme. En costume noir, chemise blanche et cravate, Pascal me rejoint, m'observe me déshabiller. Je l'aguiche, le tire par la cravate, le repousse. Puis, je choisis un spectateur, placé à proximité de la piste, et poursuis avec lui mon numéro d'ensorceleuse. La scène est petite (30 mètres sur 15) et il n'y a pas de balustrade entre le public et nous.

À Tours, je repère dans les premiers rangs un homme bien mis, l'air sérieux. Je me dirige vers lui, m'assieds sur ses genoux, joue avec sa cravate, fais mon numéro. Il semble assez gêné et ses voisins font une drôle de tête, mais je n'y prends pas garde. Puis je reviens sur la piste et nous continuons notre exhibition comme d'habitude. Arrive la figure finale. Sur le rythme qui se fait plus rapide, cambrée, la tête en bas, je suis entraînée par Pascal, penché vers moi. Malencontreusement, une de mes lames s'accroche à la poche de son pantalon, déchire le vêtement de tout son long, découvrant la cuisse de mon partenaire affreusement gêné!

On peut dire que ce jour-là, j'ai tout gagné!

Le spectateur que j'ai aguiché n'est autre que Jean Royer, maire de Tours, qui avait interdit dans sa ville l'affichage des fameux panneaux de Myriam : « Demain, j'enlève le bas! »

J'apprends ma bévue juste avant de me rendre au cocktail offert par la mairie. Partagée entre le fou rire et la honte, j'aperçois Jean Royer se diriger vers moi pour me remettre des fleurs. Je balbutie quelques mots d'excuse en rougissant.

« Mais c'était avec plaisir », me répond-il tout sourires.

Connaissant de réputation le personnage, je ne m'attendais pas à autant d'humour et de simplicité.

Moralité : La danse sur glace, c'est magique !

20

Les présidents de la République ne sont pas les seuls à donner leur nom à un lieu public. Le 5 juin 1994, en revenant à Mâlain après une tournée de galas, j'allais avoir la plus jolie surprise de ma carrière.

L'histoire commence avec l'arrivée du printemps.

Ce jour-là, 21 mars, dans un petit village bourguignon, les enfants ont obtenu une permission exceptionnelle, celle de ne pas arriver à l'heure à l'école. Motif : à Mâlain, tout le monde regarde la télé ! Si l'événement diffusé par TF1 se déroule à dix mille kilomètres de chez eux, au royaume des chaînes hi-fi et des maisons en papier, il concerne directement les habitants. Là-bas, une enfant du pays défend les couleurs de la France. Les petits villageois ne connaissent pas beaucoup cette patineuse blonde, habillée tout en noir, qui danse sur la glace de Chiba comme si elle était dans son salon. Mais elle, elle connaît bien leur école pour l'avoir fréquentée quand elle avait leur âge.

« Allez Sophie ! Allez Pascal ! Les champions du monde, c'est vous ! » pense-t-on très fort à Mâlain. Tous les enfants savent que, dans leur village, il y a un micro-climat de champions. Uniquement des femmes, et des kamikazes ! Anne-Caroline Chausson, championne du monde de descente VTT, et Clothilde Cassard, la fille de Mme le maire, championne de karting.

Passé 14 heures, le mondial n'est pas terminé. L'institutrice a expliqué qu'au Japon, à cette heure-ci, c'est le soir. « Cela s'appelle le décalage horaire, les enfants. »

J'imagine la scène ! Et l'explosion de joie quand nous sommes montés sur le podium ! Et les conciliabules, dans les jours qui ont suivi, pour accueillir comme il se doit la vice-championne du monde !

Après la tournée de galas, nous avons entamé la tournée du cœur par un spectacle, début mai, dans la patinoire de Dijon. À la fin, vingt-cinq enfants de l'école sur glace sont venus sur la piste m'offrir chacun une rose. Quelle ravissante idée pour me souhaiter un bon anniversaire !

Deux mois plus tard, c'est à Mâlain que nous attend une autre surprise. Nous savons simplement que nous avons rendez-vous à l'école. Devant le tableau noir, face aux petits pupitres bien alignés,

Mme le maire nous attend. Autour d'elle, mes anciens camarades de classe ! On ne s'est pas vus depuis longtemps et, même si je passe à la télé, rien n'a changé entre nous. On s'embrasse en rigolant, échangeons trois mots sur le mode de « tu te souviens... » et je me souviens, alors que Mme Cassard me remet un de mes cahiers d'écolière, des marathons Dijon-Mâlain à l'époque où je suivais les cours de danse de M. Borg ! Malgré les efforts de mon père, je n'arrivais pas toujours très à l'heure en début d'après-midi !

Dehors, une charmante haie d'honneur nous attend. Elle est composée de tous les petits sportifs du village, habillés en judokas ou en joueurs de foot. La société de musique du village nous donne l'aubade. Debout à côté de Pascal, j'ai du mal à retenir mes larmes. Mme le maire nous invite ensuite à descendre l'allée du jardin qui fait face à l'école. En bas, un tissu blanc recouvre une œuvre mystérieuse – ma statue. Une stèle aux deux patins gravés et ces mots, impressionnants : Parc Sophie Moniotte.

Je viens d'entrer dans la légende de mon village.

Au cours de cette tournée du cœur, nous avons découvert les merveilleux crus de ma région.

Si le vin n'est pas vraiment recommandé aux sportifs, en bonne Bourguignonne, je sais l'apprécier – comme les plaisirs de la vie. Au cours de notre tournée pèlerinage, nous avons reçu les honneurs de la Confrerie des taste-vin, réputée dans le monde entier.

Dans le cadre du célèbre château de Clos de Vougeot, de joyeux vignerons vêtus d'aubes couleur prune nous ont intronisés. Chaque année, des personnalités d'origine très diverse sont ainsi investies. Puis ce furent les Cousins de Bourgogne, à Savigny-lès-Beaune, et enfin la confrérie de Gevrey-Chambertin.

Chaque fois, au cours d'une cérémonie mi-solennelle mi-bon enfant, nous avons été invités à goûter le breuvage divin dans des taste-vin géants.

Un périple euphorique !

À Morzine, où nous venons nous entraîner comme chaque été, une calèche nous attend. Joliment décorée, elle nous promène comme des princes dans tout le village, précédée de la fanfare municipale. Au palais des sports, amis et estivants nous accueillent avec enthousiasme. Au programme : cinéma. Un film de notre parcours, depuis notre premier gala effectué à Morzine il y a neuf ans, jusqu'au podium de Chiba. Encore une idée touchante et inattendue.

Tous ces témoignages d'amitié nous sont allés droit au cœur. Nous terminons notre voyage enchanté avec la ferme résolution de ne pas décevoir ceux qui nous aident et nous soutiennent. Pour eux, nous formons plus que jamais le vœu d'accéder un jour à la plus haute marche d'un podium international...

En attendant, le 11 novembre à Besançon, les championnats de France vont se révéler grandioses.

Nous avons repris « Ginger et Fred » afin de garder notre nouvelle danse libre secrète jusqu'aux championnats d'Europe qui se tiendront à Dortmund, le 31 janvier prochain.

À Besançon, sur l'ensemble des épreuves, nous obtenons treize fois la note de 6,0 ! Un excellent point vis-à-vis des juges étrangers, toujours très attentifs aux résultats nationaux.

Et le 10 décembre, à Marioka au Japon, nous remportons le trophée NHK

En terminant le récit de ces heureux épisodes de ma vie, je me replonge dans la presse de l'époque et ne peux m'empêcher d'avoir un pincement au cœur.

« On ne sait pas de quoi demain sera fait mais le programme de quatre ans est mis en route », a déclaré Pascal au journal *le Bien public* en mai.

« Chiba c'est le grand tournant de notre carrière, j'ai longtemps rêvé de ce moment, confiais-je à *l'Équipe*. Après avoir remporté notre médaille d'argent, nous avons décidé de patiner jusqu'aux jeux Olympiques de Nagano, en 1998. C'est un engagement mutuel. »

« Ce jour-là, ils fêteront treize ans de patinage commun », terminait le journaliste.

On ne peut pas dire que ce chiffre nous ait porté chance.

21

« Il faut du courage pour s'attaquer à un programme endiablé, d'une complexité inouïe. Sophie Moniotte et Pascal Lavanchy l'ont exécuté sans l'ombre d'une faute. Le jury ne pourra être insensible à un tel travail. »

À la télévision, le commentaire de Nelson Montfort, envoyé spécial aux championnats d'Europe de Dortmund, en Allemagne, est éloquent. Quand nous terminons notre danse libre, sur un thème de jazz emprunté à Count Basy et Duke Ellington, nous savons que nous avons réussi. C'est la première fois que nous exécutons ce programme en compétition, ayant prolongé « Ginger et Fred » au début de la saison pour créer ici la surprise. De ce fait, nous ne l'avons pas rodé. La chaleur du public nous confirme que nous avons gagné notre pari.

La France attend ce titre de champion d'Europe depuis 1962. Même les Duchesnay ne l'ont jamais obtenu

La partie est serrée : si le couple Gritchuk-Platov (champion olympique) est absent pour cause de blessure, les Finlandais Rakhamo-Kokko nous font une sérieuse concurrence. Nous les avons devancés aux championnats du monde, nous sommes donc les favoris, mais chacun vient de gagner une manche : les danses imposées pour nous, la danse de création pour eux.

Les juges sont partagés. Ils sont neuf, le verdict repose donc sur la décision de l'un d'entre eux.

Le jury est notamment composé d'un Allemand, pays où s'entraînent nos adversaires, d'un Tchèque, originaire du même pays que leur entraîneur, d'un Anglais, compatriote de leur chorégraphe, et d'un Suisse, qui n'a jamais été de notre côté. Ces quatre-là, depuis le début, votent pour Rakhamo-Kokko. Mais jusqu'à présent, même si c'est un jury difficile pour nous, les notes ont été justes. Il est vrai que lors de l'épreuve de création, un quick-step, nous n'avons pas donné le meilleur de nous-mêmes. Dans ce programme plein de petits pas, de retournements, nous nous sentions nerveux, nous avons démarré sur un rythme trop vif et n'étions pas parfaitement accordés à la musique. Par désir de bien faire, nous sommes partis sur les chapeaux de roues et avons dû nous freiner.

Face à nous, Rakhamo-Kokko, sur le thème de *Borsalino*, ont été excellents. Beaucoup de créativité, des petits pas précipités ; le public les a magnifiquement encouragés.

Jusqu'à présent donc, la logique sportive est respectée. La danse libre va être décisive.

Dans le *kiss and cry*, entourant une Danielle rayonnante, nous avons confiance. Les notes qui s'affichent confirment notre impression : en technique, deux 5,8, six 5,7 et un 5,6. Les notes artistiques sont encore meilleures : trois 5,9, cinq 5,8, un 5,7. Nous nous voyons déjà offrir à la France la médaille d'or qu'elle attend depuis trente-trois ans !

Les Finlandais entrent alors en piste.

Derrière la balustrade, nous les observons avec une fébrilité d'entraîneur ! Très vite, je me rends compte que leur danse, certes bien exécutée, n'est pas à la hauteur de la nôtre. Traditionnellement novateurs, les Finlandais exécutent un slow peu convaincant, loin de la technicité étourdissante de leur *Borsalino*.

C'est donc très confiants que nous les regardons saluer et se diriger à leur tour vers le *kiss and cry*, attendant le verdict. Il va tomber comme un couperet.

Les quatre juges déjà cités votent pour eux.

Celui qui pourrait faire pencher la balance de notre côté et nous rendre justice est le juge italien.

Il vote pour eux, c'est fini.

Nous ne serons pas champions d'Europe.

C'est la première fois de ma carrière que je subis une injustice aussi choquante.

Que s'est-il passé à Dortmund ? Ce n'est pas moi qui le dis, mais le journal *l'Express* dans un article ayant pour titre « Jurys sous influence », daté du 5 février 1998 :

« Renseignement pris, l'entraîneur de Rakhamo-Kokko venait d'accepter, quelques semaines plus tôt, une mission technique auprès de la fédération italienne. Donnant donnant. Au passage, on murmure que cette année-là, quatre des neuf juges de la danse sur glace s'étaient réunis avant la compétition pour choisir, dans l'ordre, les dix premiers du classement. Ça simplifie les problèmes de décimales. »

Juste après ces championnats d'Europe, la presse s'est montrée scandalisée. « Ils méritaient l'or », titre *l'Équipe* du 4 février 1995.

Nous avons reçu de nombreux témoignages de sympathie, dont une lettre publiée dans *le Bien public* :

« Tous les Dijonnais, les Bourguignons, les Français ont été tristes avec vous mais restent très fiers de vous. Cette sanction n'est pas la loi du sport qui doit récompenser les meilleurs, mais la frustration d'un titre qui vous revenait légitimement et que vous allez obtenir loyalement et brillamment bientôt. »

Un mois plus tard, aux championnats du monde de Birmingham, gagnés par les Russes Gritchuk-Platov, nous perdons une place au profit des Finlandais et terminons troisièmes.

L'effet Dortmund...

Mais nos amis de toujours nous ont aidés à mieux vivre cette déception : un car de supporters est arrivé de Morzine, à temps pour les deux dernières épreuves.

Dans les tribunes de Birmingham, leur banderole « Allez Sophie et Pascal » flottait comme un triste défi.

C'est à cette époque, plutôt stressante, que Pascal et moi commençons à nous passionner pour la course automobile. D'avril à octobre, nous participons aux sept courses de la « 3 com Star Challenge », organisées par Christophe Collaro, le frère de Stéphane. Portant casque et combinaison, je ressemble plus à un cosmonaute qu'à une danseuse. Chacun pilote seul et, pour la première fois, Pascal et moi nous retrouvons en concurrence ! Je ne sais trop pour quelle raison, mais ça nous fait du bien. Nous partons pour le week-end, quand nous sommes libres de patinage, et ces quelques heures d'évasion, à bord de bolides de 160 chevaux montant à 230 km/h, nous grisent et nous vident la tête. Le lundi à l'entraînement, nos batteries sont rechargées à bloc !

J'adore la course automobile. J'ai gagné deux fois la coupe des femmes : en 1997 et en 1998. Et je me suis fait des copains merveilleux : de nombreuses personnalités de la télévision, du show business et du sport participent au Star Challenge : Jean-Marie Bigard, Alexandre Debanne... Au premier gros coup dur, ils vont se révéler de formidables amis.

22

19 octobre 1995. Une date gravée à jamais dans ma mémoire. C'est la Saint-René, fête de mon père. Et le jour d'un malheureux anniversaire : trente ans plus tôt exactement, mon père s'est cassé la même cheville que moi.

Trois jours avant notre départ pour le Skate America, à Detroit, sur un mouvement que nous avions réalisé des centaines de fois, je glisse le long des jambes de Pascal et amorce une rotation sur la glace, mon pied gauche se bloque dans une trace alors que mon corps a commencé à tourner.

La souffrance m'arrache un hurlement de douleur. Je reste étendue sur la glace. Pascal et Danielle tentent de me relever. Bien que n'ayant jamais « cassé » auparavant, je sais déjà qu'il y a du dégât. Parlant avec difficulté, je leur annonce : « C'est grave. » Jamais je n'oublierai le bruit que j'ai entendu, comme du papier que l'on déchire.

Pascal me porte jusqu'aux vestiaires, je serre les dents, lui aussi, car sans m'en rendre compte, pendant cet interminable trajet, j'incruste mes ongles dans sa peau.

Une fois installée sur un banc, Danielle entreprend, avec une infinie douceur, de délacer mon patin. Il m'est impossible de bouger le pied et une ouverture la plus large possible est nécessaire. Entre le moment où je suis délivrée de ma bottine et celui où j'entre dans le cabinet de radiologie – dix minutes –, mon pauvre pied a triplé de volume. Selon le médecin, « l'ustensile de travail » (ses propres termes) est bel et bien hors service. Fracture de la malléole externe gauche avec léger déplacement et arrachement des ligaments, entorse des ligaments de la malléole interne – un cocktail de désastres. Un mois de plâtre.

Ma chance est d'être suivie, sur les conseils de Guy Drut, par le Pr Gérard Saillant. Dès ma première rencontre avec ce médecin, à l'hôpital de la Salpêtrière, je me sens en de bonnes mains.

Son côté protecteur, presque paternel, me touche énormément, me rassure. Je finis par trouver presque plaisants les divers rendez-vous que nous avons. Son optimisme, sa gentillesse me font oublier le cadre déprimant du monde hospitalier.

Je passe une semaine chez mes parents, aux petits soins. Ils ont été sous le choc lorsque je leur ai appris ma blessure et savent me réconforter. Ils ont toujours été présents dans mes moments difficiles.

Normalement, je dois être déplâtrée dans trois semaines.

Hélas, le jour fatidique, les radios révèlent un manque de calcification, la cheville n'est pas consolidée. Conclusion amère : un mois de plus dans le plâtre et des piqûres d'anticoagulants pour éviter une phlébite.

Pour moi, me retrouver handicapée, sans pouvoir bouger, c'est l'enfer.

Heureusement, Pascal et Danielle me soutiennent avec affection. Danielle m'appelle tous les jours et Pascal me rassure. Alors que je me sens coupable de nous priver d'une partie de la saison, il se révèle, comme jamais auparavant, très attentionné. Mon accident l'a rapproché de moi. Il s'est rendu compte que je suis bien plus fragile qu'il ne l'imagine. Lui qui a l'habitude de dire en plaisantant « Sophie ? C'est mon outil de travail ! » regrette même nos chamailleries. Pascal se met à mon service et, alors qu'il fait ses courses une fois par mois, vient chercher ma liste et me rapporte ce dont j'ai besoin.

Mes amis connus depuis peu dans le milieu des courses automobiles ne m'oublient pas. Ils agissent avec moi comme si nous étions copains depuis quinze ans ! Christophe Collaro, surnommé Tof, me soutient et me parle avec franchise. J'ai une totale confiance en lui et le considère comme un de mes frères (je ne les vois pas aussi souvent !).

Je me souviens aussi d'un appel de Jean-Marie Bigard, qui se produit alors dans une grande salle parisienne : il entre en scène dans quelques minutes et veut savoir si tout va bien.

Laetitia Hubert et Éric Millot seront les seuls patineurs à prendre de mes nouvelles.

Le 13 décembre est le jour du déplâtrage.

Pascal m'accompagne. Lorsque nous découvrons la taille de ma cheville, nous avons du mal à imaginer qu'elle retrouvera sa forme normale. Plâtrée depuis près de deux mois, elle paraît rachitique. À cause de son immobilisation, ma jambe gauche ressemble à une baguette de pain mal cuite !

J'ai pu cependant entretenir le tonus musculaire de ma cuisse grâce à un appareil d'électro-stimulation qui permet une sorte de gymnastique passive.

Il s'agit maintenant de réapprendre à marcher.

Je retourne ma béquille gauche et m'en sers comme si c'était une canne, prenant ainsi davantage appui sur ma jambe. Puis, fin des béquilles.

Le Pr Saillant qui veille sur ma rééducation me demande d'aller vers lui en marchant sans appui. Malgré la confiance que je lui porte, j'ai peur... de m'effondrer, de me casser. Les premiers pas d'un bébé, à vingt-six ans !

En boitant horriblement, je progresse avec précaution, attentive à ma cheville toujours fragile et douloureuse.

Je suis loin d'être prête à rechausser mes patins !

Pendant un mois et demi, au centre de thalassothérapie Léonard-de-Vinci à Évry, en région parisienne, je m'en remets à Guy Janodet, kinésithérapeute de l'équipe de France.

Au programme : repos, soins, rééducation aquatique et entretien physique.

Un jour, j'ai bien cru céder au découragement.

Je me rends en claudiquant à la piscine pour effectuer quelques exercices. Dans l'eau, mes souffrances disparaissent et, faisant les mouvements que l'on m'a enseignés, je me baigne longuement – trop. Au moment de ressortir, ma jambe décide de faire la grève de la marche. M'ayant aidée à sortir de la piscine, mon kiné me rapporte mes infâmes béquilles.

Mes progrès sont lents et graduels. Aucune amélioration pendant de longs jours et puis soudain, le déclic, la résurrection. Enfin, dès que je peux remarcher, j'établis un planning de musculation. Je suis en manque de sport au point que, lorsqu'on me rend visite, Guy informe, fataliste : « Elle est encore là-haut, dans la salle de musculations. » J'aurais pu installer mon lit dans cette salle ! Pour moi, c'est la seule manière de lutter et d'échapper à cette impression de perte de temps qui souvent me pèse.

Tendre consolation, mes parents viennent me chercher pour que nous passions ensemble les fêtes de fin d'année.

20 janvier. Accompagnée de Guy, je retrouve avec bonheur la patinoire, et les gestes qui m'ont tant manqué : je chausse mes patins et me dirige vers la

surface blanche. Réparée! Enfin libre, je suis heureuse, mentalement, moralement, physiquement.

Dès le lundi suivant, je reprends mes habitudes.

Nous avons raté les championnats d'Europe mais le prochain objectif, ce sont les championnats du monde, le 15 mars à Edmonton.

Début février, la finale de la coupe du monde est organisée à Bercy. Pour Pascal et moi, le gala servira de test. J'ai hâte de retrouver le public et il me le rend bien. Les vagues d'applaudissements me bouleversent. Nous patinons sur la musique de *Qui veut la peau de Roger Rabbit?*, programme me permettant d'être plus souvent dans les bras de Pascal que sur la glace. Guy, mon guérisseur, qui se tient dans les coulisses, partage notre émotion. Il ne m'en voudra pas si je révèle que ses larmes m'ont gonflée d'énergie.

Autre grand moment du gala, les retrouvailles avec les champions russes Gritchuck-Platov avec qui nous sommes très amis. Heureux de notre retour, ils nous prient de réintégrer le plus vite possible le milieu de la compétition. On leur manque! Un propos rare de la part de concurrents!

Le lendemain de Bercy, mon pied a triplé de volume.

Retour au centre hospitalier. Les radios révèlent que la calcification se fait trop lentement pour que ma cheville supporte un entraînement de haut niveau.

Il faut ralentir le rythme : une heure et demie de patinage par jour, pas plus.

Un mois plus tard, c'est pis. Le professeur, voyant que les os de ma cheville restent fragiles, craint de devoir recasser la malléole et mettre des broches.

Les championnats du monde s'envolent.

Nous ne participerons à aucune compétition de la saison 1995-1996. Le programme que nous avons commencé à préparer est caduc; la robe que, pour la première fois de ma carrière, m'a confectionnée un grand couturier, Lolita Lempicka, est remisée au placard.

Mais la malédiction redoutée par le professeur ne se réalisera pas. Sous la menace, mon corps a réagi et ma cheville s'est dépêchée de se solidifier!

Pour parfaire ma guérison, je décide de partir en juin à Saint-Martin, aux Antilles. Isabelle, une amie très proche, m'accompagne, le décor est paradisiaque et l'eau de mer offre ses bienfaits à mes ligaments malmenés.

Mais la série noire continue. Quatre jours après mon arrivée, alors que nous partons joyeusement à la découverte d'une nouvelle plage, un accident de voiture met fin aux vacances. Éjectée de mon véhicule, mon dos est brûlé au deuxième degré par le frottement sur les cailloux. Je perds connaissance.

Depuis un autre monde où je me sens délicieusement flotter, je finis par entendre Isabelle hurler mon prénom. Conduite à l'hôpital, ma tension ne cesse d'osciller et inquiète les médecins. Mais on ne s'occupe pas de mon dos qui me fait de plus en plus souffrir.

De retour dans la maison que nous louons, j'appelle Alexandre Debanne, l'animateur de *Vidéo-gag* sur TF1, un de mes compagnons de courses automobiles. Il connaît beaucoup de monde sur l'île et peut m'aider à trouver un bon radiologue.

J'ai deux vertèbres fêlées.

Le dimanche de la fête des Pères, je téléphone à mes parents de Paris. Ils me croient à Saint-Martin, je ne les détrompe pas : eux-mêmes s'apprêtent à partir quelques jours et, après cette année maudite, je ne veux pas gâcher leurs vacances.

Quelques heures plus tard, j'apprends le gravissime accident d'Alexandre. Alors qu'il se rendait chez ses parents pour souhaiter une bonne fête à son père, sa moto a percuté une rambarde de sécurité et s'est écrasée contre un arbre trente mètres plus loin. Les deux jambes et les épaules brisées, le bassin fracturé, la rate perforée et le gros côlon très abîmé, il est dans le coma.

Pascal et moi sommes effondrés. Pendant de longues semaines, nous prendrons de ses nouvelles quotidiennement.

Il se bat comme un beau diable, dit-on à l'hôpital, un combat héroïque. Un jour, on note un mieux, l'espoir revient, le lendemain, il est au plus mal. Le téléphone devient angoissant.

J'ai repris l'entraînement cet été à Morzine, puis à la patinoire de Colombes. Certains mouvements me font encore souffrir du dos. Mais la tragédie d'Alexandre m'apprend à relativiser. Je redouble d'efforts pour lui offrir le cadeau le plus cher à mon cœur : une victoire.

Les épreuves que Pascal et moi avons traversé nous ont mûris. « Cela se traduit par plus de recherche personnelle et d'intensité », constate Danielle. Selon notre entraîneur, le milieu international nous attend avec impatience et clémence. C'est encourageant.

À l'automne 1996, nous créons un programme de gala sur la musique du film *la Liste de Schindler.*

Notre entraînement, sur le thème de ce film bouleversant, avait débuté avant mon accident.

L'exhibition que nous donnons à Bercy est retransmise à la télévision : « Une musique qui semble porter tous les malheurs de la terre, un magnifique exercice d'expression, superbe d'émotion », entendront les téléspectateurs à la fin du spectacle.

Cette danse qui me donne des frissons, je la dédie en secret à mon ami russe Sergueï Grinkov, qui fut champion olympique. Je viens d'apprendre sa mort. Une rupture d'anévrisme alors qu'il s'entraînait au

Canada avec sa femme et partenaire. Il est tombé sur la glace et ne s'est pas relevé. Leur petite fille a trois ans.

Je pense aussi très fort à Alexandre.

Quelques jours plus tard, enfin, j'ai le bonheur d'entendre sa voix. Son calvaire est loin d'être terminé, mais son incroyable volonté a triomphé.

Le 5 décembre, à Osaka au Japon, je tiens ma promesse. Nous remportons le trophée NHK.

Et sur le podium, *la Marseillaise* et la coupe qui symbolisent mon retour à la vie sont pour lui.

23

En reconstituant le film de ma vie, j'ai fait une troublante découverte.

Le 20 avril 1992, quelques semaines après notre première et joyeuse expérience des jeux Olympiques, à Albertville, Michel Drucker nous avait invités sur le plateau de son émission *Stars 90* : nous venions patiner sur une chanson de Michelle Torr. J'ai retrouvé les paroles sur lesquelles nous avons dansé.

> « *Est-ce qu'il est des blessures,*
> *qui peuvent encore se dire,*
> *plutôt que de mentir,*
> *il valait mieux partir...* »

C'était donc écrit ?

Avant l'humiliation suprême de Nagano, de tristes épisodes allaient s'enchaîner.

À l'automne 1996, Natacha Dabbadie nous quitte.

Elle fait partie de notre équipe depuis 1988, elle est aussi la chorégraphe de Philippe Candeloro, de Surya Bonaly et du couple Sarah Abitbol et Stéphane Bernardis.

Nous aimons son ingéniosité, son grain de folie qui font l'originalité et l'éclat de nos programmes.

Le thème du *Parrain* pour Philippe, c'est elle. Il obtient la médaille de bronze aux J.O. de 1994.

Les trois vice-champions du monde consacrés au Japon la même année, Philippe, Pascal et moi, c'est elle aussi.

Pour des raisons obscures, qui ne concernaient absolument pas les sportifs, la fédération a décidé de se passer de ses services. Toutes nos démarches pour la garder ont été vaines et il a fallu nous séparer.

Pourquoi faut-il casser une équipe gagnante ?

6 octobre 1996. Championnats de France à Bordeaux.

En danses imposées, nous arrivons premiers.

Danse de création : huit juges sur neuf nous donnent la première place. Le neuvième n'a peut-être pas vu la chute du couple qu'il soutient, Marina Anissina et Gwendal Peizerat, nos cadets, inconnus encore sur les podiums internationaux. Je pense qu'ils n'avaient pas notre maturité pour exécuter le tango demandé.

Arrive la finale, le programme libre.

Marina et Gwendal ont choisi un thème oriental. Leur prestation est superbe mais l'extravagance de leurs tenues n'est pas conforme au règlement. Une seule note artistique fait la différence, avec un dixième de mieux que nous, ils deviennent champions de France. « Ça s'est joué à un quart de millimètre de dixième de cheveu, et dans le sens de la longueur ! » dit-on avec ironie à la télévision. Je croyais que la danse sur glace était un « sport à hiérarchie », c'est-à-dire tenant compte de la carrière passée d'un couple de patineurs, de son ancienneté sur la scène internationale, du palmarès acquis. Contrairement au football ou au tennis, perdre ou gagner n'est pas pour nous une question de score final mais de qualité technique et artistique. Celle-ci se forge, mûrit de saison en saison, et il est d'usage que les juges apprécient nos évolutions autant que l'exhibition ponctuelle qu'ils ont à noter. Parce que dans les « matchs » que nous disputons, notre principal adversaire, c'est nous. Pascal et moi formons le couple leader, et un artifice de costume a raison de douze ans d'expérience commune ! Pour nous ce résultat est grave. Cet échec non mérité sera lourd de conséquences : Même si la différence entre nos notes et celles de nos concurrents est infime, c'est notre classement national que vont retenir les juges internationaux. Arrivés deuxièmes, nous ne sommes plus officiellement le couple leader de notre pays. Dans les transactions qui ont cours lors des compétitions internationales, les juges auront eu des scrupules à nous noter en dessous de ce que nous méritons ; en effet, pour que leurs protégés l'emportent, ils négocieront les classements avec leurs confrères. Ainsi un juge français voulant placer ses favoris sur le podium convaincra un juge étranger de l'y aider en valorisant à son tour le couple de ce confrère au détriment des autres. Ces autres-là, dont nous allons faire partie, serviront de monnaie d'échange pour leurs transactions et perdront injustement des points.

Deux mois plus tard, à l'issue de notre victoire au trophée NHK du Japon, alors que je quittais, radieuse, le *kiss and cry*, j'ai entendu cette curieuse réflexion : « Sans rancune ! » Deux mots chuchotés par le juge français, qui n'a pas voté pour nous à Osaka.

30 octobre 1996. Skate America à Springfield.

Le jour de notre départ, nous retrouvons à l'aéroport le juge désigné pour représenter notre pays. Ayant été conduite, dit-elle, à nous placer deuxièmes aux championnats de France de Bordeaux, elle nous prie de l'excuser. Dire qu'il nous manquait un juge !

10 novembre 1996. Grand prix d'Allemagne à Gelsenkirchen. Face à nous : le couple russe Krilova-Ovsianikov, qui vient de remporter le Skate America (nous avons terminé troisièmes) et le couple canadien Bourne-Kraatz, numéro un au Skate Canada (nous n'y avons pas participé).

Danse imposée : une valse. Une épreuve très complexe, jugée sur la technique. Russes et Canadiens font chacun une chute magistrale. Nous réussissons parfaitement notre danse (un sans-faute) mais sommes classés troisièmes, nos concurrents se voyant octroyer les deux premières places. Le résultat final est au diapason de cette regrettable cacophonie.

21 janvier 1997. Championnats d'Europe à Bercy. Notre objectif : obtenir au moins la troisième place.

La fédération française n'a pas changé ses plans, elle défend les couleurs d'Anissina-Peizerat.

En danses imposées, nous arrivons quatrièmes, derrière nos concurrents français.

Danse originale. Devant témoin, un membre de notre fédération montre sa contrariété, il n'est pas content de notre troisième place ; il souhaitait nous voir devancés par un couple russe (cinquième en danses imposées) pour préserver Anissina-Peizerat.

Cafouillage dans le jeu des chaises musicales...

Danse libre. À l'annonce de nos noms, le public est déchaîné. Un nombre incalculable de drapeaux français s'agitent dans les tribunes. Toute ma famille, ainsi qu'une cinquantaine de membres de la « 3 com Star Challenge » sont présents. Pendant notre exhibition, sous les applaudissements, il faudra presque tendre l'oreille pour entendre la musique. Évgeny Platov, en piste juste avant nous, nous a lancé un « Good luck » !

Nous obtenons la médaille de bronze.

À l'issue de la compétition, un membre de la délégation allemande fait amende honorable : il regrette que nos dirigeants français aient tant intrigué pour voir Anissina-Peizerat sur le podium.

« Malheureusement », le juge allemand a voté pour nous !

Avant de rejoindre parents et amis pour fêter notre médaille, je dois me soumettre à un contrôle antidopage. Dans ma hâte de les retrouver, j'ai quelque peu de mal à remplir le flacon : il me faudra une heure !

18 mars 1997. Championnats du monde à Lausanne.

Tractations en coulisses, dominées par la puissance canadienne. À l'issue de chaque épreuve, le couple canadien est systématiquement classé numéro un par le juge de son pays, contre l'avis des autres juges. Il termine troisième, nous devançant d'une place.

Les stratégies ne se cachent plus !

Roger Zabel, commentateur de TF1, exprime en direct à la télévision son incompréhension. Il émet publiquement le souhait que quelqu'un puisse dénoncer ces curieux agissements auprès de Juan Antonio Samaranch, le président du Comité olympique, présent à Lausanne. J'hésite à me porter volontaire, finalement, j y renonce. Aujourd'hui, je m'en mords les doigts. Cela aurait-il empêché le scandale de Nagano ?

10 janvier 1998. Démission de Gilles Vandenbroeck, vice-président du Comité national de danse sur glace, membre de la Commission interligues et de la Commission nationale des juges. Après vingt-sept ans d'engagement dans les sports de glace français – treize comme patineur et compétiteur international, quatorze comme dirigeant fédéral et juge international –, il quitte définitivement le milieu.

Il fait part de sa décision par courrier à M. Pierre Husarek, président du Comité national de danse sur glace. Motif :

« [...] Le Comité national de danse sur glace a désigné à l'unanimité Mireille Dubois pour juger les jeux Olympiques d'hiver et les championnats d'Europe 1998. À quelques jours de son départ pour les championnats d'Europe, Mireille a été informée oralement par Didier Gailhaguet qu'elle était remplacée pour officier dans ces deux compétitions par Jean-Bernard Hamel.

« Cette décision est inacceptable sur la forme, sur le fond, sur l'éthique.[...] Il [Jean-Bernard Hamel] cède à une pression de nature quasi familiale, peu compatible avec son statut de juge, puisque le changement de juge aurait été demandé par Marina Anissina et Gwendal Peizerat et que le père de Gwendal Peizerat est le parrain du fils de Jean-Bernard [1]. »

(Le père de Gwendal est aussi le secrétaire de la Fédération des sports de glace.)

---

1. Voir l'intégralité de cette lettre en p. 187

3 janvier 1998. Une semaine avant cette lettre de démission, démarche officielle de Marina et Gwendal.

Ils écrivent à M. Goy, président de la Fédération française de sports sur glace :

« [...] Monsieur Hamel a entamé un travail politique très important et que tous les spécialistes de la discipline reconnaîtront comme indispensable à l'obtention d'une médaille olympique pour la France en danse sur glace. C'est pour ses raisons que nous demandons que, dans la mesure du possible, ce soit M. Hamel qui puisse être affecté au jugement des jeux Olympiques et, en préparation de cette échéance, à celui des championnats d'Europe [1]. »

Quand j'en ai pris connaissance, cette édifiante entreprise m'a fait l'effet d'une bombe.

Furieuse, J'ai appelé la fédération pour obtenir des explications du président. Il m'a répondu être « impuissant » face à cette décision.

À la fin de notre conversation qui s'était envenimée, je n'ai pas pu m'empêcher, je l'avoue, de le traiter de « gros loukoum » !

---

1. Voir l'intégralité de cette lettre en p. 189.

24

Nous l'avons déjà annoncé à plusieurs reprises : nous terminerons notre carrière amateur en février 1998. À Nagano. Neuvièmes à Albertville en 1992, cinquièmes à Lillehamer en 1994, nous serons le seul couple français à avoir participé à trois olympiades. Et c'est à Nagano que nous déciderons d'entamer ou non une carrière professionnelle.

Début janvier, nous partons participer aux championnats d'Europe à Milan. Sans beaucoup d'illusions. Les magouilles se multiplient, et nous savons dans quelles circonstances le juge français a été remplacé.

Dès les danses imposées, nous arrivons septièmes. Il y a longtemps que nous n'avions pas connu un tel classement. Pour la première fois de ma vie, je n'y crois plus.

Ma belle passion s'effrite.

Revenus à Paris, Danielle, Pascal et moi posons cartes sur table : faut-il aller à Nagano, au risque de nous faire massacrer ? Le cœur blessé, nous ne pouvons cependant pas nous résoudre à tout abandonner un mois avant notre échéance.

On ira jusqu'au bout. Pour notre public, toujours enthousiaste, qui nous soutient avec foi. Et en souvenir de notre rêve.

Mais en partant pour Nagano, nous savons déjà que nous ne poserons jamais nos lames sur un podium olympique.

Pour une préparation physique dans les meilleures conditions, l'équipe de France se rend au Japon huit jours avant l'ouverture des Jeux, à Yamabiko. Cette station, à une heure et demie en voiture de Nagano, est située à 2000 mètres d'altitude. C'est très éprouvant pour un athlète. Un programme de quatre minutes à Paris équivaut à six minutes trente là-bas.

Lorsque nous redescendrons à Nagano participer aux compétitions, notre travail nous semblera plus facile.

Après un dernier entraînement trop peu oxygéné, la veille de la cérémonie d'ouverture, nous partons enfin pour le village olympique. Bercée par le mouvement du bus, je m'endors, heureuse à l'idée de retrouver l'ambiance que j'adore.

Je me réveille « aux portes du Palais », impatiente de retrouver la grande famille du sport.

On nous dirige vers notre lieu de résidence.

Par chance, la délégation française est installée juste à l'entrée du village. Notre appartement regroupe le team Marotel : Danielle, le jeune couple qu'elle entraîne aussi, Dominique Deniaud et Martial Jaffrédo, et nous. Tous les cinq ensemble, c'est réconfortant. Nous nous serrerons les coudes...

Après nos passages successifs dans la salle de bains, il est temps d'aller dîner. Encore une bonne nouvelle : la cafétéria est à deux pas. Au menu, cuisines italienne, japonaise et chinoise. Il y a même un McDo. Les garçons sont ravis. Et moi, je dévore ! Nous sommes en compétition, donc pas de régime. Et je papote. J'ai le bonheur de retrouver mes amis que je n'ai pas vus depuis quatre ans.

Le lendemain, nous assistons à la cérémonie d'ouverture, splendide. Sous un soleil magnifique, chaque pays est accompagné d'un sumo, choisi parmi les plus réputés. Notre défilé est suivi d'un spectacle de danse de toute beauté. Puis, le traditionnel flambeau est transmis à Midori Ito, championne à Albertville de patinage artistique. Vêtue d'un chatoyant kimono, elle gravit les marches du stade et embrase la vasque olympique, dont la flamme illuminera les Jeux durant quinze jours.

Juan Antonio Samaranch, président du Comité olympique, prononce alors son discours. Il demande solennellement à tous ceux qui seront amenés à juger les athlètes de respecter les règlements lors des compétitions.

Sachant le comportement qu'ils vont adopter, comment les représentants de notre discipline peuvent-ils encore se regarder dans une glace ?

Notre première manche se dispute le vendredi 13.

Notre résultat à la fin des danses imposées est un coup de massue : neuvièmes. C'est clair. Nous sommes indésirables mais la France a besoin de nous comme monnaie d'échange pour que le couple Anissina-Peizerat obtienne un podium. Le principe : on relègue Moniotte-Lavanchy à une place qui ne gênera personne, en échange, la France valorise certains couples étrangers qui finiront ainsi dans le classement convoité, celui des dix premiers.

Maintenant, nous le savons, nous allons à l'abattoir.

D'épreuves en épreuves, sans scrupule, les juges nous font dégringoler. Dixièmes, onzièmes... Un record de la plus belle claque de l'histoire du patinage, digne de figurer au *Guiness Book*!

Un des entraîneurs russes, Mme Linitchuk, fait part de sa consternation à tous les représentants de notre sport qu'elle rencontre : en plus de vingt ans de carrière, elle n'a jamais assisté à pareil scandale. On est bien loin de l'esprit olympique. Les transactions priment sur la performance des athlètes.

Le couple allemand, Kati Winkler et René Lohse, s'excusera auprès de Pascal et de moi pour avoir été classé devant nous...

Notre seule consolation sera d'avoir réalisé des jeux Olympiques exemplaires, sans que l'on puisse nous reprocher quoi que ce soit. Mais si nous avions commis des erreurs, nous aurions facilité la tâche des intrigants.

Après la honte des danses imposées, pourtant, nous hésitons. Nous sommes tentés de déclarer forfait pour la danse libre. Si nous rangeons nos patins, la monnaie d'échange se volatilise. Quel sort, dans ce cas, serait réservé au couple français choisi pour monter sur le podium ? Les juges étrangers les auraient-ils soutenus ?

C'est tentant. Mais pour tous ceux qui nous font confiance, qui nous soutiennent depuis des années, nous nous devons de remplir notre humiliante mission.

Terriblement meurtrie, j'ai besoin de marquer le coup.

Lors du dernier entraînement de danse libre, le 16 février, je propose à Pascal et à Danielle de réaliser notre programme, le soir même, en tournant le dos aux juges. Mais dans les tribunes, derrière les juges, sont installés presse et caméras. Pour les journalistes qui nous soutiennent à l'unanimité, pour les millions de télespectateurs qui vont nous regarder, nous abandonnons cette séduisante idée.

Plus tard, quand les journalistes ont appris ce que nous avions eu l'intention de faire, ils ont regretté que nous y ayons renoncé.

Nous entrons en piste pour notre dernière danse.

Dans quatre minutes, le rideau tombera sur vingt ans de passion, d'espoir, de souffrances et d'exaltations.

Parés de bleu, du plus clair au plus éclatant, vêtus de costumes évanescents, aériens, les anges déchus s'élancent sur la musique de *Riverdance*...

À la télévision, le commentateur saluera nos adieux avec ferveur : « C'est un programme d'une grande difficulté technique au niveau des pas, qui demande une parfaite condition physique. Les retournements de carre de Sophie et Pascal sont remarquables, l'unisson parfait. Il y a du panache, de la vitesse, et quel courage après toutes les épreuves subies ! »

Les spectateurs, debout, nous offrent notre dernier triomphe. Durant quelques secondes, Pascal et moi restons serrés dans les bras l'un de l'autre. Nous avons bien patiné. Derniers saluts...

Face au public japonais qui, ce soir encore, me bouleverse, je souris, cache mon émotion.

Mon partenaire et moi avons décidé de ne pas nous incliner devant les juges... Dernière complicité.

C'est la première fois de notre carrière que, dans le *kiss and cry*, l'attente des notes nous est indifférente. Pour notre pays, nous sommes navrés.

Nous nous éclipsons dès que possible, avant de retrouver une nuée de journalistes venus nous interviewer. Parmi ceux qui nous connaissent depuis longtemps, certains ont les larmes aux yeux. Durant près d'une heure, sous le feu de leurs questions, nous expliquons notre amertume.

Nous annonçons que nous renonçons à une carrière professionnelle. Je viens de le décider. Je ne veux plus entendre parler de danse sur glace. Écœurée par ce que nous avons subi à Nagano, je refuse toutes exhibitions, aussi lucratives qu'elles soient, après tant de sacrifices.

C'est fini.

Danielle m'attend dans les vestiaires.

Elle est seule. Les patineurs sont dans les tribunes pour assister à la fin de la compétition.

Sans prononcer un mot, je la prends dans mes bras. Un long moment, nous restons ainsi, enlacées, en larmes.

Quand je peux enfin parler, je la remercie de toutes ces années où elle s'est tant dévouée à notre cause.

« Merci, Danielle, avec vous, cela a été une belle école de la vie.

– Je suis désolée de ne pas vous avoir enseigné la méchanceté », dit-elle après un silence.

Je ne crois pas que j'aurais été une bonne élève.

« Je préfère être malheureuse, Danielle, mais pouvoir marcher la tête haute et regarder les gens dans les yeux ! »

La danse sur glace était ma raison de vivre.

Le matin du 17 février 1998, en me réveillant, j'en avais déjà une nouvelle...

ANNEXES

FFSG

Comité National de Danse sur Glace

Paris, le 10 janvier 1998

Monsieur Pierre Husarek
Président du CNDG
3 bis, avenue Victor Hugo
78400 Chatou

Cher Pierre,

Lors de ses réunions des 6 septembre et 13 décembre 1997, et conformément aux procédures en usage, sur proposition unanime de la Commission Nationale des Juges, le Comité National de Danse sur Glace a désigné à l'unanimité Mireille Dubois pour juger les Jeux Olympiques d'Hiver et les Championnats d'Europe 1998.

A quelques jours de son départ pour les Championnats d'Europe, Mireille a été informée oralement par Didier Gailhaguet qu'elle était remplacée pour officier dans ces deux compétitions par Jean-Bernard Hamel. Cette décision est inacceptable à trois titres :

- sur la forme : le président de la Fédération a signé le remplacement de juge pour les Championnats d'Europe sans consultation de la Commission Nationale des Juges ni du Comité National de Danse sur Glace, mais à la demande de Didier Gailhaguet, cadre du Ministère des Sports, dont la mission de Directeur des Equipes de France ne couvre pas et est incompatible avec la gestion de l'activité des juges.

- sur le fond : le grade requis pour juger de telles compétitions n'a été accordé par l'Union Internationale de Patinage à Jean-Bernard Hamel qu'à l'automne 1997, après quatre refus successifs au cours des saisons passées et sur nos interventions spéciales conjointes. Par comparaison avec Mireille Dubois qui officie à ce niveau depuis la saison 1988/89, son manque d'expérience et sa compétence controversée le rendent certainement moins apte à juger des championnats d'une telle importance pour une saison aussi cruciale.

- sur l'éthique : le préjudice personnel subi par Mireille, qui n'a jamais démérité dans ses fonctions de juge, est considérable et à la mesure des faiblesses coupables de Jean-Bernard. D'une part, en donnant son accord à Didier Gailhaguet, il se déjuge par rapport aux décisions qu'il avait prises quelques semaines plus tôt en tant que membre de la Commission Nationale des Juges et du Comité National de Danse sur Glace. D'autre part, il cède à une pression de nature quasi familiale, peu compatible avec son statut de juge, puisque le changement de juge aurait été demandé par Marina Anissina et Gwendal Peizerat et que le père de Gwendal Peizerat est le parrain du fils de Jean-Bernard.

Tes interventions et celles de Mireille au plus haut niveau du Ministère des Sports, du Comité Olympique et Sportif Français, de la Fédération, de l'Union Internationale de Patinage et de la presse se sont révélées infructueuses pour que Mireille officie effectivement aux Championnats d'Europe. .

Il est donc clair pour moi aujourd'hui que le cadre dans lequel je dois exercer mes fonctions de juge et de dirigeant n'est plus un cadre de droit. Ce précédent marque d'un signe inquiétant l'avenir de ces fonctions dans nos sports. La démission des instances sportives, publiques ou associatives, est désormais patente pour défendre l'indépendance des juges face au pouvoir désormais sans limite de Didier Gailhaguet. Bien qu'émanant de la puissance publique, son pouvoir ne semble soumis à aucun contrôle.

En conséquence je te demande de prendre acte de ma démission à compter du 2 février 1998 de toutes les fonctions, électives ou non, que j'assurais au sein de la Fédération Française des Sports de Glace, à savoir, membre et Vice-Président du Comité National de Danse sur Glace, membre de la Commission Interligues et de la Commission Nationale des Juges.

Concernant mon activité de juge, je demande à ne plus figurer à compter du 2 février 1998 sur la liste nationale des juges de danse sur glace, même au titre de juge d'honneur, ni sur la liste des juges de l'Union Internationale de Patinage au titre de la Fédération Française des Sports de Glace. J'adresse un courrier motivant ma décision au Président de l'Union Internationale de Patinage, avec copie au Vice-Président pour le Patinage Artistique et aux Présidents et membres des Comités Techniques de Danse sur Glace, de Patinage Artistique et de Patinage Synchronisé, ainsi qu'aux juges internationaux français de ces disciplines.

J'adresse une copie de ce courrier au Comité National de Patinage Artistique afin qu'à compter de la même date mon nom ne figure plus sur la liste des juges de patinage artistique, ainsi qu'au Ministère des Sports et au Comité National Olympique et Sportif Français afin que mon nom ne figure plus sur la liste des juges de haut niveau sur laquelle j'avais été inscrit par arrêté du Ministre de la Jeunesse et des Sports le 25 avril 1995.

Enfin j'adresse une copie de ce courrier aux membres du Comité National de Danse sur Glace, aux Présidents des Comités de Danse des Ligues, aux Présidents de Clubs, juges et membres de l'équipe de France de danse sur glace.

Par ailleurs le 2 février 1998, je retournerai ma licence à la Fédération Française des Sports de Glace afin qu'elle soit annulée.

Cette décision n'était pas facile à prendre après 27 ans d'engagement dans les sports de glace français, 13 comme patineur et compétiteur international, et 14 comme dirigeant fédéral et juge international.

Jusqu'au 2 février, je me tiens à la disposition des personnes que tu m'indiqueras pour leur transmettre mes dossiers. Je souhaite bonne chance à ceux qui auront le coeur de continuer à s'engager pour le développement des sports de glace dans de telles conditions.

Amitiés sportives.

Gilles Vandenbroeck
Vice-Président

Vand

Adresse : 30, rue Rambuteau - 75003 Paris
Tél. 01 48 87 67 18 - Fax : 01 42 74 61 56
E-mail : gilles.vandenbroeck@wanadoo.fr

Muriel Boucher-Zazoui
Marina Anissina
Gwendal Peizerat
20 rue Louis Jasseron
69003 LYON

à
Monsieur Goy
Président de la F.F.S.G

Lyon, le 3.01.98

Monsieur le President,

Suite à la Finale des Champions à Munich, où nous avons réussi à inquiéter les Canadiens Bourne Kratz, nous espérons être en mesure de les battre cette année et par là même, d'être médaillables aux Jeux Olympiques. Ce début de saison prometteur en tant que premier couple Français, est le résultat d'un travail acharné mais aussi d'un soutien non négligeable de toute une équipe fédérale que nous tenons à remercier. Dans notre discipline où malheureusement, et pour peu de temps encore (nous l'espérons), le résultat ne tient pas qu'à la seule performance sportive, le travail et le courage de Mr Jean Bernard Hamel en tant que juge de la Finale, nous a été d'un grand secours

En fournissant un effort en parfaite entente avec le reste du staff technique, Mr Hamel a entamé un travail politique très important et que tous les spécialistes de la discipline reconnaîtront comme indispensable à l'obtention d'une médaille Olympique pour la France en Danse sur Glace. C'est pour ces raisons que nous demandons que dans la mesure du possible, ce soit Monsieur Hamel qui puisse être affecté au jugement des Jeux Olympiques et en préparation de cette échéance, à celui des championnats d'Europe.

En espérant que notre requête sera prise en considération, nous vous souhaitons Monsieur le Président une très bonne année 98.

Muriel Boucher-Zazoui

Marina Anissina

Gwendal Peizerat

Lettre demandant un Juge "à nous" contre celui du Juge désigné par le comité de doux.

Palmarès du couple Moniotte-Lavanchy

– Vice-champions du monde 1994 (Japon)

– Vice-champions d'Europe 1995 (Allemagne)

– Médaille de bronze aux championnats du monde 1995 (Grande-Bretagne)

– Médaille de bronze aux championnats d'Europe 1997 (France)

– Champions de France en 1992, 1993, 1994.

– 3 participations aux jeux Olympiques d'hiver, dont une 5e place en 1994 à Lillehammer en Norvège.

Remerciements

– La ville de Dijon
– Le Conseil régional de Bourgogne
– Le Conseil régional de Côte-d'Or
– Ambition Bourgogne
– Les supporters bourguignons, haut-savoyards, français et étrangers
– Danielle Marotel
– Pascal Lavanchy
– Natacha Dabbadie
– C.P.H. Dijon
– Jean-Claude Burel
– Daniel Barthélemy
– Gilles Beyer
– Les patinoires de Colombes, Yerres, Dijon, Morzine, Orléans, Colmar
– La 3 Com Star Challenge
– L'espace Léonard-de-Vinci
– Guy Janodet, Bruno da Cruz, Jean-Claude Berthet, Vitina Roux-Rossetti

– Les familles Lavanchy et Moniotte
– Éric Cousté
– Alain Denize, Gérard Vandystadt, Jean-Loup Sieff
– Le professeur Gérard Saillant, le docteur Danowski
– Guy Drut
– Lacoste
– TF 1
– La presse écrite et télévisuelle
– Nathalia Bestemianova et Andreï Bukin
– Mickael Seibert
– Évgeny Platov
– Tatiana Tarassova

Et tous ceux qui ont cru en nous, tous ceux qui apparaissent trop brièvement dans ce livre, à leur gré.

Enfin, je remercie mes amis et aussi mes ennemis pour m'avoir permis de me battre jusqu'au bout.

Cet ouvrage a été réalisé par la
SOCIÉTÉ NOUVELLE FIRMIN-DIDOT
Mesnil-sur-l'Estrée
pour le compte des Éditions Anne Carrière
104, bd Saint-Germain 75006 Paris
en novembre 1999

Imprimé en France
Dépôt légal : novembre 1999
N° d'édition : 160 - N° d'impression : 49115